달려라, 아비

金爱烂
作品集

奔跑吧，爸爸

［韩］金爱烂 著
徐丽红 译

人民文学出版社

著作权合同登记号 图字 01-2022-1479

달려라, 아비
© 2005 by Kim Ae-ran（金愛爛）
First published in Korea by Changbi Publishers, Inc.
This simplified Chinese edition is published by People's Literature Publishing House Co., Ltd. in 2022 by arrangement with Changbi Publishers, Inc. through KL Management.
All rights reserved.

图书在版编目(CIP)数据

奔跑吧，爸爸 /（韩）金爱烂著；徐丽红译 . —北京：人民文学出版社，2022（2025.5重印）
（金爱烂作品集）
ISBN 978-7-02-017375-4

Ⅰ.①奔… Ⅱ.①金…②徐… Ⅲ.①短篇小说—小说集—韩国—现代 Ⅳ.①I312.645

中国版本图书馆 CIP 数据核字（2022）第 143060 号

责任编辑	张海香
装帧设计	李思安
责任印制	王重艺

出版发行	人民文学出版社
社　　址	北京市朝内大街166号
邮政编码	100705
印　　刷	河北新华第一印刷有限责任公司
经　　销	全国新华书店等
字　　数	109千字
开　　本	880毫米×1230毫米　1/32
印　　张	6.375　插页 3
印　　数	17001—20000
版　　次	2022年10月北京第1版
印　　次	2025年5月第6次印刷
书　　号	978-7-02-017375-4
定　　价	42.00元

如有印装质量问题，请与本社图书销售中心调换。电话：010-65233595

目录

她知道如何描写孤独（译本序）　　来颖燕 / 001

奔跑吧，爸爸 / 001
我去便利店 / 020
弹跳跷 / 043
她有失眠的理由 / 064
永远的叙述人 / 084
爱的问候 / 105
谁在海边随便放烟花 / 123
纸鱼 / 149
不敲门的家 / 171

作家的话 / 191

她知道如何描写孤独

（译本序）

来颖燕

《奔跑吧，爸爸》是韩国作家金爱烂的第一部小说集。最初的写作阶段总是最能显现出小说家的原始性力量，尽管这时期的作品常常是质朴乃至稚拙的，但同时也会拥有可贵的透明和浑然。金爱烂的早期作品妥帖地印证了这条定律，但难得的是，她对自己的敏感点和擅长处有着清醒的意识。卡尔维诺在评介伏尔泰的《老实人》时曾特别提到其中的一句箴言："种我们自己的园地。"他对此的理解是："你不应给自己带来一些你无法以自己切合实际的方法直接解决的问题。"金爱烂似乎与生俱来的，就拥有一种对于孤独的领受以及描写能力，并且清楚地知道这是她自己的园地。

事实上，许多人都会言及自己的孤独。正因为它搅动的是人类的普遍情感，对它的描摹才成了难题——孤独是无始无终却无处不在的形而上的存在，对它的感知需要保持一种有距离的亲密感。在小说中，它的出现会依附于具体而微的故事，这是小说艺术的魅力所在，但也会面临翻车的弯道——如果作者无法从核心认领出属于自己的那份孤独，就会流于对于其"外观"的关注，显得刻意而矫情。所幸，金爱烂从一开始就内化了属于她的孤独，知道如何为她所理解的孤独赋形。

许多时候，她会反复依赖于某一个意象，比如这本集子中常常出现的"爸爸"。《弹跳跷》里的爸爸经营一家电器铺，会修所有的电器，也会醉酒，看起来对"我"和哥哥漫不经心，实质上却有着极深刻和丰富的情感；《她有失眠的理由》里，爸爸毫不顾家，更谈不上对她有任何关爱，却在她独立居住后"入侵"了她的住所，自说自话地住了下来，并严重影响了本就饱受失眠之苦的她的生活，但突然有一天爸爸消失了，是爸爸突然领悟到什么吗？《爱的问候》里，"我"被爸爸遗弃了，于是在成长道路上，等待爸爸成了"我"始终的念想，最后，当"我"在水族馆里扮成潜水员时,发现了水槽外的"爸爸"！他在看"我"！但是，他认出"我"了吗？这些爸爸与我们想象中爸爸应有的形象格格不入——他们古怪又难以捉摸，但在某个时刻某个角度又让人觉到一种逼真的亲密感。在被选中作为小说集名字的《奔跑吧，爸爸》一篇中，爸爸身上这种无法言明的复杂被更立体也更极端地呈现——他离开了妈妈离开了

"我",在"我"的印象或者更确切地说是想象里,他应该一直在世界各地"奔跑",可是他要跑向哪里呢?最终他死于一场突如其来的车祸,这场车祸像是他荒谬人生的缩影,而"我"向妈妈隐瞒了这一切,就让妈妈活在她对爸爸最初的感情里吧……

尽管作者为爸爸们安排了各式各样的戏份和故事,但对于这一意象的钟情,泄露出实际上她面临和期望解决的问题关乎的是自己:自己从哪里来,又该往哪里去。就像埃科在《悠游小说林》里说的:"在那些虚构的故事中,我们试图找到赋予生命意义的普遍法则。我们终生都在寻找一个属于自己的故事,告诉我们为何出生,为何而活。"爸爸是一种隐喻,并且,富有感染力而极易引起共情——每个人都有爸爸,"我"只是一个代名词,在"我"的背后站着千千万万个真实的人。而爸爸是谁、爸爸在哪儿、爸爸与"我"的关系都暗示了"我"的来处和"我"在这个世界中的位置,也是"我"对自己身份的一种确认。归根结底,爸爸的存在牵涉的是"我"在精神上的归属感,但真的确认自己拥有这种归属感谈何容易?作者显然知晓寻找人生归属感的结局常常会归于虚妄,于是她投射在爸爸们身上的光影始终闪现出一种戏谑感,但笔调又分明是郑重的,在二者之间,一种奇异的轻盈感产生了。

这种轻盈感是作者掠过岁月和纷扰世事的离心力。所以,金爱烂笔下这些古怪的爸爸形象在根底上是不完整的、模糊的，但她用流畅、清晰的措辞来面对这种含糊——她既直白又深刻。所以，在描摹最幽微纤细的心理时，作者也不曾黏腻地自怨自艾，但明明她的惶然、茫然、忧郁都在，她的苦闷击中了站在"我"背后的我们。她是一个熟谙生活词汇的艺术家——在多重相对的矛盾之间，寻得了一种微妙的平衡。布罗茨基说，"如果艺术能教给一个人什么东西，那便是人之存在的孤独性"，而"艺术采取一种自卫的、嘲讽的方式对待苦闷"。

是的，她笔下的爸爸们像是一幅幅漫画，可笑但恰切地点出了被生活的表面秩序所掩饰掉的放肆的真实。而一旦她扩大了故事的情境，这种自卫和嘲讽就变得更加沉潜而多样。她感受到的孤独是可以被离析的，一层一层，彼此相似又相互有别——孤独不再是符号，而是住满了人，景深丰富。而她总能找到一个合适的故事形态来承载这些丰富。《我去便利店》里，"我"讨厌被陌生人知晓私事，但是内里又渴望有人了解自己，于是去哪个便利店，又如何与店员打交道便成了"我"的重要心事；《永远的叙述人》里，"我"会常常思考自己是一个怎样的人，在地铁上偶遇同学后，"我"发现自己并不想与过去产生交集，但是心里又隐隐想念故人；《不敲门的家》里，五个素不相识的女人住在同一个家的不同房间里，她们看似没有交集，但又似乎是熟悉的，甚至相似的……便利店、地铁、租住屋，这些场域里人与人之间天然存有的距离感，对接了作者设置在自己与小说主人公之间的距离。这距离是她理解和描写孤独的前提。她有意要保持这种距离，这让她可以冷静地面对自己笔下的对象，但又会不时地沉溺在不同的孤独情境之中，以至于会忘了距离的存在。于是，有一些时刻，她会迫不及待地主动点破她暗设的玄机，比如在《纸鱼》里，她会直陈："他想找个谁也不知道，谁也找不到的房间。他需要安静"，也会精心建构小说的格式，比如在《弹跳跷》里文首和文末对于路灯的描绘有刻意的重复，但更多的时候，她让这种焦虑融化在行云流水一般的故事里，这才是她的小说真正令人迷恋之处。

在《奔跑吧，爸爸》中，这种轻盈感双向地映射在了故事的情节和技法上，这看起来神奇地像是一种巧合，但内里却隐现出作者对如何描写孤独的期待和要求。这或者也是为何她会选中《奔跑吧，爸爸》为小说集之名的缘由。一系列稀奇古怪的事情——爸爸与妈妈的结合、爸爸的逃跑、爸爸的再婚、爸爸后来的妻子又与其他男人在一起，而爸爸竟然为他们去修剪草坪、最后因为与那个男人的冲突遭遇车祸……轻轻巧巧地交叠在一起，波澜不惊又流利地向前翻滚，以至于我们的情绪还来不及被煽动就被带往了新的处境。而爸爸突然的死亡先是成为了这个故事的加速度，之后又令故事戛然而止，仿佛一下子抽掉了一直在奔跑的爸爸以及跟在他身后奔跑的我们脚下的地基。我们茫然地回顾来路,对爸爸许多行为的动因充满了疑问。但故事的结局没有解除反而加重了这些疑虑——"那天晚上,我睁着眼睛,彻夜无眠。我望着天花板,逐一回忆我想象中的爸爸的身影……这时候我恍然大悟,原来爸爸始终都是在耀眼的阳光里奔跑……我从来不曾想到,尽管爸爸是世界上最不起眼、最狼狈的人——这样的人同样会痛别人之所痛,爱别人之所爱……今天夜里,我决定给爸爸戴上太阳镜。我先想象出爸爸的脸。爸爸的脸上充满了期待,但是他努力不表现出来,只是轻轻地笑。爸爸静静地闭着眼,仿佛等待初吻的少年。于是,我的两只大手为爸爸戴上了太阳镜。太阳镜很适合爸爸。现在,也许他能跑得更快了。"

虽然没有做出任何解释,但爸爸"奔跑"的形象就此跟小说的节奏感对上了韵脚。一种无法言明的复杂深情就嵌在了这韵脚里——"我"对爸爸的,以及想象中爸爸对"我"的。当这些都被无情的、持续向前的时间之轮碾过,一大堆具体的问号也被一种终极的荒谬感稀释了。

事实上,金爱烂笔下的世界里始终站满了这些边缘化的、古怪的小人物,但是他们却怀有最初的清澈和最初的希望,他们一直在奔跑,即使对目的地一无所知。或者这就是人生的终极状态,或者他们的内心深处会存有不再为人道的终点吧。孤独只能属于个体——使人"由一个社会动物变为一个个体"(布罗茨基语）。所以金子美铃会在诗里写:"我孤独的时候,别人不知道。"金爱烂在这本最初的集子里,显露出独特的描写孤独的天分,她让孤独这样近,又那样远。

2021年10月

奔跑吧，爸爸

当我还是个胎儿，子宫比种子还小的时候，我常常因为恐惧体内的小小黑暗而动不动就哭鼻子。那时候的我小极了——全身皱皱巴巴，小小的心脏跳得飞快。那时候，我的身体不知道什么是语言，没有昨天，也没有明天。

妈妈告诉我说，我的不懂语言的躯体就像信件似的抵达了人间。妈妈独自在半地下的房子里生下了我。那是夏天，闪烁如砂纸的阳光勉强照进房间。只穿上衣的妈妈在房间里苦苦挣扎，没什么抓挠，便握住了剪刀。我看见窗外行人的腿。每次冒出想死的念头，妈妈就拿着剪刀猛戳地板。几个小时过去了，妈妈没有用剪刀结束自己的生命，而是剪断了我的脐带。我刚刚来到世界上，妈妈的心跳声突然消失了。寂静之中，我还以为自己耳朵聋了。

出生之后，我最早看见的光只有窗户般大小。于是我醒悟，那东西存在于我们的外部。

当时爸爸在哪里，我不记得了。爸爸总在某个地方，却不是这里。爸爸总是很晚回家，或者不回家。我和妈妈紧紧相拥，怦怦跳动的心脏贴得很紧。我赤身裸体，神情严肃，妈妈伸出大手，反复抚摸我的脸庞。我爱妈妈，却不知道怎样表达，所以总是眉头紧锁。我发现了，我越是板着脸孔，妈妈越是笑得开心。当时我就想，也许爱并不是两个人一起笑，而是一个人显得滑稽可笑。

妈妈睡着了。我好孤独。世界如此安静，阳光依旧照耀着那边的地板，仿佛分手的恋人寄来彬彬有礼的书信。彬彬有礼，这是我有生以来对世界产生的最早的不快。我没有口袋，于是握紧了拳头。①

*

每当我想起爸爸，我总会想到一个场面。爸爸在奋不顾身地奔跑，

---

① 韩语里"口袋"和"拳头"发音相近。

不知跑向什么地方。爸爸穿着粉红色的夜光大短裤，瘦骨伶仃，腿上长满汗毛。爸爸挺直腰板，抬高膝盖奔跑的样子真是好笑极了，就像恪守别人置若罔闻的规则的官员。我想象中的爸爸十几年来都在不停奔跑，然而表情和姿势却是恒久不变。爸爸在笑，涨红的脸上露出满口黄牙，仿佛有人故意在他脸上贴了糟糕的画。

不仅爸爸，我觉得所有运动中的人都很滑稽可笑。每次见到小区公园里对着松树手舞足蹈的大叔和边拍手边走路的大婶，我总是感觉很害羞，也许正是出于这个缘故。他们总是那么认真，那么虔诚。好像为了健康，就应该滑稽点儿。

我从来没见过爸爸奔跑的样子。尽管如此，爸爸在我心里却是个经常奔跑的人。也许是因为很久以前妈妈给我讲的故事让我产生了幻想。最早听说这个故事的时候，妈妈把搓衣板放在两腿之间，使劲揉搓起泡的衣服。搓着衣服，妈妈呼哧呼哧地喘粗气，好像很气愤的样子。

妈妈说爸爸从来没有为她跑过。妈妈要分手的时候，妈妈想见面的时候，妈妈生我的时候，爸爸也没有跑来。别人都说爸爸是贵人，妈妈却认为他是傻瓜。如果妈妈下定决心只等到今天，爸爸肯定会赶在第二天回来。爸爸回来得很晚，总是形容憔悴。看到这个迟到生疏怯的眼神，妈妈常常主动开玩笑。爸爸既不辩解，也不自吹自擂。他只是带着干巴巴的嘴和黑黢黢的脸"回来"。据我猜测，爸爸可能是那种害怕被拒绝的人；也许是因为内疚不敢回来，因为内疚而导致状况更加内疚的人；后来因为真的内疚，索性成了比坏人更坏的人。我并不认为爸爸是个善良的人，是他自己要成为坏人。也许爸爸真的是坏人，明明自己做错了事，却让别人觉得过意不去。世界上最可恶的就是明明自己很坏，却又假装可怜的人。现在我也是这么认为。可是，我无法知道爸爸究竟是什么样的人。爸爸留下的只有几件事。如果说事实最能说明某个人的话，那么爸爸分明就是坏人。如果不是这样，那么我就真的不理解爸爸了。反正最重要的是，我这个慢吞吞的爸爸也曾经竭尽全力地奔跑过呢。当时爸爸为了赚钱来到首尔还没过几个月。

来到首尔后，爸爸在家具厂找了份工作。现在想想，像爸爸这样的人竟然为了赚钱而背井离乡，真的是咄咄怪事。不过，爸爸也只是走了一条很多人都走的路罢了。爸爸在那里偶尔和妈妈通信。爸爸写得更多。因为妈妈对爸爸独自去首尔的事很恼火。有一天，妈妈找到了爸爸租住的房子。这是妈妈跟素来不合的外公大吵之后的愤然出走。妈妈拿着从信封上抄来的地址，摸索着弯弯曲曲好似迷宫的路，竟然找到了爸爸的出租屋。妈妈无处可去，打算在这里暂住几天。爸爸的算盘却不是这样。从妈妈来首尔的当天开始，爸爸就展开了无穷无尽的求爱攻势。爸爸正值青春热血，又跟自己喜欢的女孩同室而眠，这样做也不足为奇。后来的几天里，爸爸时而恳求，时而发火，时而吹嘘，如此反复不辍。渐渐地，妈妈也觉得爸爸有点儿可怜了。也许就在那一天，也只有那一天，妈妈心想，我这辈子都愿意忍受这个男人的负担。结果，妈妈接受了爸爸。不过有个条件，必须马上去买避孕药，才能同床共枕。

从那以后，爸爸就开始奔跑了。从月亮村①的最高处到有药店的市中心，爸爸总是全力以赴地奔跑。爸爸像憋着尿似的满脸通红，笑得嘴巴几乎咧到了耳朵根儿。狗见了爸爸也吓得失声尖叫，于是整个村庄的狗都跟着齐声狂吠。爸爸跑啊跑啊，面红耳赤，长发飘飘，跨过台阶，穿过黑暗，比风还快。爸爸跑得慌慌张张，不小心被煤灰绊倒，浑身沾满白花花的灰尘。但是，爸爸猛地站起，继续玩命奔跑，虽然不知道现在猛冲而去的地方最终会通往哪里。

---

① 泛指穷人聚居的地方，通常位于山脊、山坡等海拔较高的地方。

……爸爸这辈子，还有什么时候这样猛跑过吗？每当想起爸爸为了和妈妈睡觉而一口气冲下月亮村的情景，我就想对看不见我也听不见我说话的爸爸大喊：爸爸，真没想到你这么能跑啊？！

　　妈妈说那天爸爸跑得太急了，结果也没问清楚避孕药的服用方法。爸爸灰头土脸地跑回来，妈妈问应该吃几粒。爸爸搔着头皮说，好像说是两粒……后来的几个月，妈妈每天都乖乖地吃完两粒避孕药。她说那几个月总觉得天昏地暗，恶心呕吐，有点儿反常。后来妈妈问了医生，把避孕药减到每天一粒，然后在白铁罐里融化冰块，拿到月光下清洗私处。冰冷的感觉让妈妈直打寒噤，甚至忘记了吃药的事。妈妈怀孕了。看着妈妈隆起的腹部，爸爸的脸色渐渐变得苍白，终于赶在做爸爸的前一天离开了家门，从此再也没有回来。

　　据说不管任何时代、任何地方，跑步都是最受欢迎的运动。跑步是由走和跑两种形态复合而成的全身运动，能对心肺系统造成适度刺激，从而提高心肺持久力。跑步不需要特别的技术和高速度，也不受场所和气候的限制，这是跑步运动的优势。最重要的是，跑步也是最需要较强持久力的运动。别的暂且不说，可是离我而去的人在远离我的地方长久奔跑，我究竟应该如何接受他的理由和力量呢。

爸爸离家出走是为了跑步，我宁愿这样相信。他不是上战场，不是迎娶别的女人，也不是为了到某国沙漠里埋输油管。他只是离开家门的时候没有戴手表。

我没有爸爸。其实只是爸爸不在这里罢了。爸爸还在继续奔跑。我看见身穿粉红色夜光短裤的爸爸刚刚经过福冈，经过加里曼丹岛，奔向格林尼治天文台。我看见爸爸刚刚转过斯芬克斯的左脚背，走进帝国大厦的第 110 号卫生间，翻过位于伊比利亚半岛的瓜达拉马山脉。即使夜黑如磐，我也能分辨出爸爸的身影。这是因为爸爸的夜光裤总是闪闪发光。爸爸在奔跑，尽管没有人喝彩。

*

妈妈用玩笑把我养大成人。妈妈伸出两根智慧的手指，轻松地抓住了我深陷忧郁的后颈。智慧，有时听起来又很下流，尤其当我问起爸爸的时候更是这样。对我来说，爸爸不是什么禁忌。因为这个问题对我们来说并不重要，所以不经常提及。尽管如此，妈妈偶尔还是会不耐烦。妈妈问我，你爸爸的事我都说过几遍了，你知不知道？我怯怯地回答，阿尔吉①……这时，妈妈很无耻地说，阿尔吉就是没长毛的小鸡鸡，然后自己放声大笑。从那以后，我总觉得自己说"知道"什么就是非常下流的事情。

妈妈留给我的最大遗产就是不要顾影自怜。妈妈从不觉得对不起我，也不可怜我。我感谢妈妈。我知道，问我"还好吧"的人真正想问的是自己的平安与否。妈妈和我既非相互救赎，也不是相互理解的关系，我们都理直气壮，好像手里握着站票。

即使我问到与性有关的问题，妈妈也会给我精彩的回答。没有爸爸，我有强烈的好奇心。有一次，我看到某个因为交通事故而瘸腿的叔叔，就问妈妈，这位叔叔怎么处理夫妻之间的事情？妈妈瞪着我闷闷不乐地回答，难道还需要腿吗？

我的乳头刚刚长出来的时候，妈妈没有流露出担忧，而是对我大搞恶作剧。她假装和我手挽手，同时用胳膊肘挑弄我的乳房。每当这时，我就大声叫喊着逃跑，然而弥漫在乳房上的刺激感却又让

---

① 此处为音译，意思是当然知道。

我感觉很舒服。

除了我,这个世界上只有一个人了解妈妈的魅力。那就是至死都跟妈妈关系很僵的外公。我对外公没什么记忆,只记得他从来不跟我这个没有爸爸的孩子说话,平时也总是对妈妈破口大骂。我对长相英俊的外公颇有好感,然而外公对我既没有爱抚,也不会训斥。也许在外公眼里,我太渺小了,渺小得可以让他视而不见。不过有一天,外公跟我说话了。那时他刚刚喝了罂粟熬成的水,心情格外舒畅。外公盯着我看,突然问道:"你是谁的女儿?"我大声回答:"我是赵紫玉的女儿!"外公假装没听清,又问:"你是谁的女儿?"我更大声地回答说:"赵紫玉的女儿!"外公好像聋了,继续装模作样地问:"嗯?你是谁的女儿?"我来了劲儿,使出浑身的力气蹦跳着大喊:"赵紫玉!赵紫玉的女儿!"幼年时代的水泥院子里,我好像什么时候都可以这样大喊大叫。直到这时,外公才面带忧郁地说:"啊,原来你是紫玉的女儿?"突然,他又气急败坏地说:"你知道这个死丫头有多么倔吗?"外公把我拉到面前,让我坐下,开始详细揭露妈妈童年时代的恶行。我眨巴着大眼睛,认认真真听外公说话。外公多次取笑妈妈。每次数落完动不动就顶嘴的妈妈,他都忘不了夸奖温顺乖巧的大姨是个多么好的女儿。

妈妈对我说得最多的话就是，"人应该出生在良好的家庭环境里"。妈妈说，别看她跟外公争吵之后离家出走，如果不出来的话就不是这样的命运了。每当这时候，我就像在外公面前那样眨巴着眼睛，静静地倾听妈妈发牢骚。

后来，不管他们之间多么讨厌对方，也不管外公对离家出走、私自生育的妈妈如何讽刺挖苦，也不管妈妈对外公让外婆为别的女人洗内裤的行为多么深恶痛绝，我还是接受了外公。原因只有一个，就是外公临终前几天对妈妈说过的一句话。

那天，外公自称是"顺便路过"我们家，然而坐了很久很久。平日里总是吹毛求疵又指手画脚的外公，似乎该发的牢骚都已经发完了，再也没有什么可说了。面对着妈妈的沉默，他显得有点儿难堪。外公绞尽脑汁，搜索着可以谈论的话题，最后还是老生常谈，拿乖巧的大姨和妈妈做起了比较。外公极尽辱骂嘲讽之能事，然后面对沉默的妈妈再次张皇失措。他抚摸着喝光的果汁杯子，随后抓过帽子，起身离开了。妈妈和我形式化地送到门口。外公在大门口迟疑良久，留下一句奇怪的话，转过瘦小却坚实的后背，消失了。

"不过，我要是谈恋爱的话，也会跟小丫头恋爱，而不是大丫头。"

几天后，外公去世了。我觉得他了解妈妈的魅力，了解那个小小的秘密。外公已经去世了，知道这件事的人只剩了我自己。

*

妈妈是出租车司机。起先我还以为妈妈之所以选择出租车司机做职业，就是为了穿梭于首尔各地监视我。后来有一天，我又猜测妈妈之所以选择开出租，也许是为了比爸爸跑得更快。我想象着奔跑的爸爸和妈妈你追我赶，并肩飞驰的样子。十几年来心怀怨恨猛踩油门的妈妈、住处被人发现的爸爸，两个人的神情在我的头顶乱糟糟地跳跃。也许妈妈并不想抓住爸爸，只想通过比爸爸跑得更快的方式复仇。

妈妈开出租车很辛苦。微薄的报酬、乘客对女司机的怀疑、酒鬼的调戏，即便这样，我却总是缠着妈妈要钱。现实如此艰难，如果孩子太懂事，太善解人意，妈妈只会更心痛。妈妈并没有因为内疚而多给我钱。我要多少，妈妈就给多少，同时还不忘了争面子，"我赚钱都塞到你这个兔崽子的屁眼儿里了，我他妈的每天都要拼上老命赚钱。"

那天，我的生活和平时没什么两样。我开着电视吃饭，却在饭桌前遭到了妈妈的埋怨。前一天夜里妈妈和乘客发生了口角，我也只能听她唠叨。妈妈越说越激动，突然重重地摔掉了勺子，寻求我的声援，"他妈的，我有那么差劲吗？"这时我必须随声附和几句。我穿上运动鞋，同时还要向妈妈解释万元①零花钱的去处。上课的时候我趴在课桌上，目不转睛地盯着实习老师咽唾沫时鼓荡的喉结。没有爸爸，我的生活也没什么特别的麻烦，跟大家没有两样。问题发生在我回家的时候。

妈妈坐在房间中央，脸色阴沉。她的手里拿着一张信纸，地板上散落着胡乱撕开的信封。这是妈妈曾经拿着剪刀戳过的地板。看见信封上的地址，我知道这是航空邮件。面对着这封读也读不懂，却又充满奇怪预感的信，妈妈神情郁闷，活像个村妇。这到底是什么时候的事了？我心里想着，猛地扯过了信。说了什么？妈妈使劲盯着我的脸。信上都是英文。为了在妈妈面前保住面子，我吞吞吐吐地解释着信的内容。起先我还不理解是什么意思，但是读过两三遍之后，我就明白

---

① 除特别说明，文中货币皆指韩元。1元人民币约合190.15韩元。

了,这封信向我们传达了非常重要的消息。信上说什么呀?妈妈问道。我咽了口唾沫,回答说,爸爸死了。妈妈注视着我,流露出世界上最阴郁的脸色。我也希望自己能说点儿机智俏皮的话,就像妈妈在我露出这种脸色的时候,然而我怎么也想不出恰如其分的玩笑。

*

　　换句话说,爸爸回来了。时隔十几年,爸爸乘着邮件轻轻松松地回来了。犹如无法揣度的善意,犹如没有结束语的话剧演完之后爆发出的晕乎乎的掌声,爸爸回来了。这是用陌生语调发布的讣告。当时我甚至想,爸爸匆匆奔跑在世界的各个角落,也许就是告知我们他的死亡。爸爸是不是为了告诉我们自己死了,所以走过很远很远的地方,最后来到这里?但是爸爸并没有走遍世界,他住在美国。

　　寄信人是爸爸的孩子。我在被窝里翻着字典读信。信是这样写的:爸爸在美国结了婚。读到这里,我有点儿惊讶。如果爸爸并不是天生讨厌家庭的男人,那就很难找到他抛弃妈妈的理由了。也许他真的爱那个女人,也许那个国家不如我们这里便于逃跑。几年之后,爸爸离婚了。信上没有交代具体的离婚原因,不过我猜测也许是因为爸爸的无能。夫人要抚慰金。身无分文的爸爸答应,每个周末都为夫人家剪草。以前我也听说,美国人不修草坪会被邻居举报。很快,夫人又结婚了。这个男人拥有大小堪比运动场的草坪。

根据承诺,爸爸每个周末都去按那户人家的门铃。爸爸把脸探到摄像头前说声"Hello",然后蹑手蹑脚地走进院子里剪草。我想象着夫人和新任丈夫坐在客厅里温情脉脉地畅饮啤酒,爸爸却蹲在外面修理锄草机。开始的时候,也许夫人和她的新任丈夫对爸爸的存在很不适应。不过夫人会对丈夫说:"别在意,约翰。"于是爸爸逐渐变成了不存在的人。每当夫妻二人在透明的客厅玻璃墙里拥抱的时候,爸爸就让锄草机发出刺耳的噪音,来来回回走过他们面前。如果给我们写信的家伙不是有意逗笑爸爸远在异国他乡的遗属,那就意味着爸爸真的这样做了。这么鸡毛蒜皮的小事也被爸爸的子女写得这么详尽,我很想知道他究竟是什么样的人。我敢肯定,这个人酷似爸爸,分明是个没脑子的人。我想象着夫妻两个在客厅里的情事。她紧贴在玻璃窗前的乳头和口气、忽然急落的百叶窗,爸爸站在远处,紧蹙眉头向里张望。轰隆隆,他推着锄草机,打仗似的勇猛冲锋。但是,他不能再靠近了,只能在前面焦躁不安地来回游荡。夫人忍无可忍,于是送给爸爸最新式的汽油自动锄草机做礼物。爸爸仍然顽固地使用仓库里的老式除草机,总是发出洪亮的噪音,在院子里转来转去。

有一天,爸爸和夫人的新任丈夫发生了争执。因为这个丈夫开始干涉爸爸的除草方式了。爸爸置若罔闻,依然玩命似的锄草。这个丈夫还在唠唠叨叨,最后干脆提高嗓门儿破口大骂。突然,原本默默除草的爸爸举起了刀刃正在高速运转的老式除草机,猛扑过去。丈夫脸色铁青,跌倒在草坪上浑身颤抖。我想,也许爸爸并不是有意要伤人。然而很不幸,夫人的丈夫受伤了。这下子爸爸慌了神。流血的丈夫失去理智,骂了许多难听的话,还报了警。爸爸害怕了,不知道怎么办才好,最后跑进了仓库。爸爸发现了仓库角落里的新式除草机。爸爸像个西部牛仔,嗖地跳上锄草机,忐忑不安地发动起来,然后冲开仓库门,跑到公路上飞奔。爸爸以除草机能达到的最快速度逃跑。他经过的每个地方都溅起绿色的草屑,散发出清新的草香。可是爸爸,你究竟要去哪儿?

爸爸在公路上死于车祸。来信到此结束。爸爸的子女还说,家属们为爸爸的死亡感到真心的悲痛,安安静静地在公共墓地举行了葬礼。他说自己并不喜欢爸爸,尽管这样说很遗憾。他说小时候,爸爸把他放在电视机前独自去上班,他的成长就是整天等待爸爸。他说,爸爸离婚后，他又变成了每个周末等待爸爸，现在则是等待自己把爸爸忘掉。对我这个远在异国、素未谋面的同父异母的姐姐，他说了这样的话：

"我总是在等待爸爸，也很清楚等待是多么痛苦的事。所以我从爸爸的遗物中找到这个地址，瞒着妈妈偷偷给你写了这封信。"

……一切都像谎言。

真正撒谎的人是我。我只告诉妈妈说，爸爸出了车祸，却没有说明爸爸遇到了什么车祸。妈妈问，信怎么那么长啊。我随口敷衍，同样的话，英语说起来比韩语啰唆。妈妈问，还有没有说别的，比如爸爸过得怎么样，跟谁生活，真的没说别的吗……可是这件事没有人知道。那天夜里，妈妈或许想问，爸爸为什么离家出走。不过，也许唯有这件事是她最不想问的问题。看着妈妈神情抑郁的样子，我突然觉得心里发堵，不由得怒火中烧。我情不自禁地说，爸爸他……妈妈像只挨了棍子的小狗，可怜巴巴地望着我。爸爸他……说对不起您，一辈子都活在歉疚里，这个人说的。妈妈的眼睛在颤抖。我头脑一热，又多了句嘴，他还说妈妈当时真的很漂亮……妈妈颤颤地问道，哪儿写的？我假装看信，指着"爸爸每周都去妈妈家锄草"的部分对妈妈说，这儿。妈妈欲哭无泪，久久地凝望着这句话，温柔地抚摸着。我的妈妈从来都是嬉笑怒骂、生龙活虎，从不哭鼻子，然而那个时候，我第一次发觉她的声带都哭肿了。

那天，妈妈直到凌晨还没回家。我把被子拉到下巴，静静地躺着想爸爸。我想象着爸爸的生活、爸爸的死亡、爸爸的锄草，如此等等。爸爸仍然在我的脑海里奔跑。这样的想象已经存在太久了，难以彻底消除。我突然想，我是不是因为无法原谅爸爸才不停地想象？为什么我总是让爸爸不停地奔跑？难道我是担心在爸爸停止奔跑的瞬间，我会冲上前去杀死爸爸？蓦地，委屈涌上心头，趁着委屈还没有把我欺骗，我要快点儿进入梦乡。

*

直到出租车加价时段结束，妈妈才回来。我想象着妈妈生怕吵醒女儿，黑灯瞎火中小心翼翼脱衣服的样子，不料妈妈却用脚踢我，大声叫喊，喂！睡了吗？我把头探出被子外面说，你疯了？出租车司机怎么能喝酒呢？妈妈什么也没说，和蔼地笑了笑，扑倒在被子上面。妈妈蜷缩着身子，像个握紧的拳头。我想给妈妈盖上被子，想想还是算了。不一会儿，也许是冷了，妈妈自己钻进了被窝。

黑暗之中，妈妈的呼吸渐渐平静。我忽然闻到了妈妈身上的烟味。不知道为什么，我很气愤，抱着胳膊想，这个妈妈太差劲了！妈妈背对着我，还在蜷着身子沉睡。我直挺挺地躺着，注视着天花板。无边的寂静轻抚着妈妈的呼吸。我以为妈妈在熟睡，没想到妈妈突然开口说话了。她原本蜷缩的身子更加向里蜷曲，语气里既没有对死去的爸爸的埋怨，也不掺杂任何感情。

"现在应该腐烂了吧？"

那天晚上，我睁着眼睛，彻夜无眠。我望着天花板，逐一回忆我想象中的爸爸的身影。走过福冈，渡过加里曼丹岛，走向格林尼治天文台的爸爸。绕过斯芬克斯的脚背，经过帝国大厦，翻越瓜达拉马山脉的爸爸。笑着奔跑的爸爸。热爱奔跑的爸爸。这时候我恍然大悟，原来爸爸始终都是在耀眼的阳光里奔跑。长久以来，我给爸爸穿上夜光短裤，给他穿上鞋底松软的运动鞋和透风的衬衫。我想象出了跑步需要的一切，然而我从来没想过给爸爸戴上太阳镜。这真奇怪。我从来不曾想到，尽管爸爸是世界上最不起眼、最狼狈的人——这样的人同样会痛别人之所痛，爱别人之所爱。在我想象爸爸的十几年里，在马不停蹄地奔跑的日子里，爸爸的眼睛总是酸痛。今天夜里，我决定给爸爸戴上太阳镜。我先想象出爸爸的脸。爸爸的脸上充满了期待，但是他努力不表现出来，只是轻轻地笑。爸爸静静地闭着眼，仿佛等候初吻的少年。于是，我的两只大手为爸爸戴上了太阳镜。太阳镜很适合爸爸。现在，也许他能跑得更快了。

我去便利店

我去便利店,多的时候一天几次,少则一周一次。所以那段时间,我总是需要什么东西。

2003年,首尔,承诺、偶然和灾难都消失了,像搬家的行李。对于两手空空无地彷徨的我们来说,便利店就像不知从何而来的传说。好像装模作样的丈夫的宠妾,或者封印在罐头里的时间,没什么不对劲。

对于2003年的首尔人来说,习惯变成了重要得如同救赎的问题。那些苍白的人们常常为2003年的首尔人认为什么最重要而苦恼,于是为我们开起了便利店。很多家,迅速涌现。

便利店里来往着很多人。他们都是谁呢？具体情况不得而知，不过都是有故事的人。运动会上跑在第二的孩子，看到前面的孩子回过头来，两个人都吓了一跳。从兄弟那里借钱找女人的人。所有练习册都只做第一页的人。明明知道意思，却还是在国语辞典里查找"阴部""性交"等词语的人，或者将要查找的人。可是我们互不相识。这还没有成为习惯。

每天都要出入便利店几次，我可能见过也可能没见过的人们。既有刚刚在录像厅里做爱之后一起吃泡面的年轻恋人，也有在附近医院堕胎后感觉口渴、过来买牛奶的女人。既有被爸爸责骂、出来买烟的游手好闲的小伙子，也有从未公开露过面的艺术家、失业者、间谍，甚至可能是伪装成乞丐的耶稣。便利店从来不问。这真是巨大的宽容。

这里是大学路附近的住宅区，共有三家便利店。围绕着住宅区这个中心，呈三角形分布，相互间隔不超过30米。LG25在住宅区附近，对面是全家便利店，全家便利店旁边不远就是7-11。从住宅区到LG25是直线，到全家便利店是"L"形，到7-11则是"匚"形。

我不记得这三家便利店是什么时候出现的。总是有什么出现、消失，或者再出现。旅馆、网吧、外卖咖啡店、酒吧、教堂……不知从什么时候开始，便利店便坐落在它们中间了，像个端庄的转学生。

我常去的便利店是7-11。没有特别的理由，只因为在我回家的路上它最先进入视野。马路上，下班的车辆闪闪烁烁，汇成了巨大的圣诞树。每当这时，我都要去便利店。在回家路上的某个地方亮着招牌的7-11，仿佛没有什么需要隐藏，也没有什么需要掩饰，隔着透明的玻璃窗，露出清晰的内脏。走过7-11的时候，我不由得心生疑惑：那么多的东西，难道就没有一件是我需要的吗？7-11会往我手里塞上某个东西，好像老师摸着学生的头，帮助改正错误的答案。

家里还有卫生纸，不过随时有可能用完，于是我买了卫生纸。家里没有米饭，不过随时都需要做米饭，于是我买了金枪鱼罐头。我买了金枪鱼罐头，所以要做饭。既然要做饭，那就需要润润口，于是我买了乳酸菌。

有一天，身穿淡绿色马甲的7-11老板对我说：

"您好啊？"

我稀里糊涂地迎视他的目光。那个瞬间，他手里拿的扫描器迅速读出了大碗面的条形码。

"您住在这里？"

古铜色的皮肤，强壮的身材。我递过大碗面的650元，同时回答"是的"，然后慌忙走出了7-11。从那之后，每当我去7-11的时候，那个男人都会在我买东西的时候跟我说话。

"你是学生吗？"

"是的。"

"三年级？"

"是的。"

"一个人住？"

"是的。"

"这里的K大学？"

"不是。"

"你读哪所学校？"

我简单说了学校的名字，心想他总不至于问什么专业吧。

"什么专业？"他问。

如果我说是文学专业，他可能会慷慨激昂地介绍自己的文学观。如果我说是美术专业，他可能会说出几位著名美术家的名字。如果我说我的专业是会展管理或国际关系，他可能会连连抛出问题，"那是什么系？""什么时候开设的？""毕业之后干什么？"等等，然后他会说他"了解"我。

我跟他撒了谎。食品工程学。他开玩笑说："哎哟，那肯定很会过日子了。""那么什么时候毕业……"男人准备继续说下去。这时候，如果不是微波炉发出"叮……"的响声，如果不是熟透的速食饭顺利递到我手中，说不定他还会问出"你喜欢什么体位"这种问题。我提着印有7-11标志的半透明塑料袋，准备慌忙离开的时候，他对排在我后面的女高中生说：

"你姐姐还好吧？读市立大学的姐姐……"

从那之后，我再也没去7-11。

LG25和小区之间有个流动小吃摊，卖炒年糕、米肠和鱼饼，经营者是老妈妈和小儿子。小吃摊经常人满为患，都是吃腻了便利店快餐夜宵的人。清晨肚子饿了，我也会去那里，买上2000元的混合着煎饺的炒年糕。他们母子没有打听我的专业。每次买炒年糕，他们都会多加一个煎饺或一块炸红薯。小吃摊的奶奶常常隔着摊位，斜着上身，送我赠品。

我像往常一样去小吃摊买炒年糕。那天是老太太的儿子独自看店。

儿子有二十多岁，皮肤白皙，说话稍微有些土气。他把煎饺泡在炒年糕汤里，像7-11老板那样结结巴巴地问这问那。我敷衍着他的问题。他也像他的妈妈那样，上身朝我倾斜着送过来赠品。我暂时屏住呼吸，直到他的上身回到原位。他询问我的专业。我犹豫片刻，谎称是国文系。他真心好奇地问，国文系毕业之后做什么。我简单想了想，搪塞着回答："可能当学者、记者，也可能当老师。"现在回想起来，尽管这样的回答没有诚意，不过也没有恶意。他的脸色却在升腾的热气中暗淡下来。他在我面前用长长的勺子搅拌着鱼饼汤，仿佛想到了什么，忧郁地说道：

"我也是大学毕业，现在做这个只是想过安稳日子。"

尴尬的沉默在我和他之间短暂地流淌。

从那之后，我再也没去小吃摊。

我突然想到一个问题，要不要跟他们母子，尤其是那个儿子打招呼呢？打招呼的话，每天来来回回要好几次，很麻烦。如果不打招呼，他们会怎么看我？每次从那里经过，隔着好几米我就开始担心。最后我还是静静地走了过去。这样对我来说更熟悉，更舒服。那对母子和我发现对方，就不约而同地转移视线，假装看别处。

第二家常去的便利店是全家便利店。负责收银的是看着有四十多岁的女人。一头披散的烫发,文上去的眉毛。在商品的包围之中,她总是无聊得犹如死亡。我常常背对着她不怀好意的脸,在那里吃大碗面。

全家便利店在三个便利店中生意最不好。也许是老板太不亲切的缘故。只有一次,全家便利店也很繁忙。那段时间对面的LG25关门了。LG25摘下了招牌,正在进行内部施工。全家便利店女人首先撤掉了顾客吃方便面或喝粥用的简易餐桌。女人更忙了。客人们用来消磨时间的桌子突然让她厌烦。女人大概没有想到,几个月后LG25的位置会出现更大更华丽的Q卖场。对面的Q卖场开业之后,全家便利店又恢复了往日的平静。即便这样,我还是继续去全家便利店。像我这样独自生活的人,需要固定的路线、固定的习惯。有一天,我把一盒安全套放在收银台上,她要我出示身份证。从那以后,我就不再去全家便利店了。我之所以在便利店买安全套,是因为有自动售货机的地铁站距离太远,我又没有勇气和胆量走进成人用品店。短暂的尴尬总好过对自己不负责任。我像摊牌似的果断地把安全套放到死亡般无聊的女人面前。她似乎真的很无聊,露出怪异的眼神,问道:

"你多大了?"

我努力从钱包里拿身份证的时候，那些因此耽误结账的人探头探脑地打探原因。我急得满头大汗。为了买一盒安全套而犹豫十几次，甚至还买了不必要的零食，这样一名女顾客的尴尬被她狠狠地践踏在脚下。从那之后，我连全家便利店也不去了，跟 7-11 一样。7-11 也好，全家便利店也好，也许失去一名顾客并不重要，但在当时，我却有种报仇的快感。在全家便利店买东西时，说不定老板娘在心里说我是"买安全套的女人"，这种感觉也随之消失了。

　　就这样，根据我对便利店的种种小心翼翼而微不足道的经历，我常去的便利店最后变成了 Q 卖场。Q 卖场的特点首先是感应式自动门，像嗅觉灵敏的动物似的盘踞在那里，只要附近有客人出现，立刻像动物咆哮似的豁然敞开。自动门总是像救赎一样敞开。

　　经营 Q 卖场的是一对四十多岁的中年夫妻。他们好像是用亚洲金融风暴时的离职金开的卖场。消息并不确切。他们面相和善，这让我确信自己的猜测没错。这个年纪却不多疑，性情温柔，多半是生活环境使然。他们不懂得欺骗、背叛、榨取和不公。他们的努力应该得到了回报，甚至回报大于努力。所有的温柔之中都包含着自己意识不到的残忍。即便不是事实，我也要把它变成事实。只有这样，我才会对自己的处境少些伤感。单就这点来说，我和在某个瞬间袭击洛杉矶韩人村的黑人①没什么两样。去便利店的我,是生活在韩国的韩国人,同时也是黑人。我在贬低他们的时候,对他们的环境就少了些羡慕。我正直,所以我贫穷。他们不正直,所以他们富有。价值就像便利店里的商品,可以用这种方式交换。

Q卖场的第二个特点是音乐。卖场里总是播放着音乐,通常是平静的古典乐。Q卖场的音乐使得客人们在商品面前停留的时间更长了。我在Q卖场拿两班牌海苔或济州三多水的动作突然变得优雅了,像在散步路上弯腰捡落叶。每次去便利店,我都会感觉很安心,也许是因为我认为自己去便利店买的不是物品,而是日常生活。摇晃着塑料袋回家的时候,我不是穷困的自炊生,不是孤单的独居女,我就是普普通通的消费者,一名首尔市民。我在那里买过洁净世界卫生纸、伊奥乳酸菌、东大门区政府发售的10升垃圾袋、好感觉卫生巾、多芬香皂。

Q卖场的最后一个特点是打工生。那里的打工生是二十五六岁的青年,沉默寡言,性情冷淡。他不属于那种很英俊的帅哥。如果盯着他看,会觉得越看越亲切。如果没有机会看仔细的话,那他就是地铁站里每隔五分钟就能看到一次的大众脸。当然,他长得帅与不帅,都

---

① 1992年4月发生在洛杉矶的黑人暴动。贫困黑人疯狂袭击韩裔美国人的店铺,导致55人死亡和巨额财产损失。

跟我没关系。对我来说，重要的是他说话多少。Q 卖场的青年只跟我说必要的话。"2500 元"，或者"需要加热吗？"或者"需要吸管吗？"这让我非常满意。他把扫描器对准商品条形码的时候，朝向顾客的显示屏上会出现商品的价格和余额。只要愿意，我们可以一句话不说。

Q 卖场的收银台主要由这位青年看守。老板夫妇不常来店里。我经常能见到他，也许是因为他打工的时间和我去便利店的时间重合。

他身穿印有 Q 卖场标志的蓝色马甲，肩膀和 Q 卖场相得益彰。他的职业性，偶尔会让我觉得很性感。有时通过干巴巴的语气，有时通过沉默，有时通过制服表现出来的性格，促使人想象藏在性格背后的肉体。

Q 卖场开业之后，我一直去 Q 卖场，中间很难得地去了趟 7-11。那时我突然很想吃 7-11 的三角饭团。三家便利店卖的东西很相似，主推商品稍有不同。有的侧重于进口商品，有的则以国产商品为主，还有的早餐食品格外丰富。凌晨，我穿着运动服穿过马路，走到 7-11。7-11 老板像从前一样冲我微笑。

"好久不见。"

我轻轻点头，保持礼节。他从我的反应中受到鼓舞，柔声问道：

"怎么这么长时间不来？"

我拿起三角饭团，看了看四周。一切都各就各位，一切都在原来的位置。

"700元。"

收银台前的男人盯着我，眼睛滴溜溜转着，等待我付款。那眼神太天真，我像恍然大悟似的翻找外套口袋。口袋里什么也没有。我在衣服里到处翻找钱包。他面带笑容，注视着我不知所措的样子。我急出了一身冷汗。

"我……好像没带钱包。"

我用细弱的声音解释。男人和蔼地把三角饭团拉到自己面前，说道：

"您回去取吧。"

Q卖场的面积大概有20坪①。卖场两侧墙边横向摆放着长长的大型冰柜，主要盛装乳制品和冷冻食品。如果以自动门为基准正面观察卖场内部，最里面还有一排纵向摆放的长长的冰柜，主要用来盛装饮料。自动门所在的玻璃墙内侧还有个冰柜，那里装的是冰激凌。Q卖

---

① 相当于66平方米。

场的冰柜以方形环绕在卖场内部。相比其他便利店，结构上没有大的不同。流过便利店的时间常常不同于外界。

Q 卖场的收银台就在自动门内侧。收银台后摆放着各种洋酒和香烟，右侧是手机快速充电器。收银台前是报纸和彩票。报纸摆放在低处，所以客人们把纯净水、卫生纸和剃须刀放在朴赞浩①的胡子上，放到金大中总统的微笑之上，放到吸毒歌手低垂的头顶。

从老家回来，我忘了带回充电器。家人说给我快递过来。快递送达之前，我打算在 Q 卖场使用快速充电器。幸好各个便利店都准备了手机充电器。手机充电每三十分钟收费 1000 元。我拜托 Q 卖场的青年帮我给手机充电。身穿蓝色马甲的青年打开我的手机电池，确定机型，然后连上了充电器。

"设置什么密码？"

青年问道。手机充电也需要密码？我一时想不起来，不知如何是好。青年把手指放在充电器的密码板上，怔怔地望着我。

"0724。"

---

① 韩国著名棒球运动员。

这是我的生日。0724，青年低声默念，往机器里输入不知是"秘密"还是"号码"的东西。我静静地看着青年触摸我的生日。

"结账。"

一个男人拦到我面前。青年把扫描器对准男人手中的婴儿奶瓶。我转头想看买奶瓶的男人长什么样，男人却急匆匆地出去了。便利店青年接过 1000 元，我这里就没什么事了。我在收银台前等待三十分钟过去。呆呆地站在青年面前有点儿难为情，于是我假装看东西，往卖场里面张望。大概是距离自动门太近的缘故，自动门开了。我慌了神，大步向后退去，仿佛要证明自己的清白。青年并没有注意到我。我在铁质货架间转来转去，又买了几件不需要的东西。

三十分钟过去了，手机充电器闪烁，显示充电完毕。青年又问我：

"密码？"

我小声回答"0724"。与此同时，有个男人说：

"结账。"

男人把五盒牙签放在收银台上。一看他的脸，原来是最近我没去的小吃摊上"大学毕业"的小伙子。刹那间，我和他四目相对。幸好他假装没看见我，马上离开了。

后来又有几次，我去那里给手机充电。因为快速充电时，电池不耐用。青年一次次询问密码，我每次都做出一模一样的回答"0724"。

收到从老家寄来的快递后，我也去Q卖场充过几次电。

　　去Q卖场的日子里，我最大的失误在于自以为和蓝马甲青年没有私下交谈，所以私生活完全没有暴露。在我看来，Q卖场是"欢迎光临"和"谢谢"的世界。他的关注点应该是他卖的商品，而我的关注点在我买的产品。不料，正因为我常去Q卖场，我的信息早已输入他手里的扫描器。比如，他了解我的口味。五六种纯净水，我最喜欢哪一种；经常买的乳酸菌是草莓味还是苹果味；黑米饭和白米饭，我更喜欢哪一个。只要他想，还可以推测出我房间的尺寸。我每次买垃圾袋都买10升的，绝对不可能住大房子。他也能了解到我的家庭关系。每天凌晨来买快餐的女人，独自购买必需品的年轻女人，只带一双筷子的女人，肯定是单身。他知道我的故乡是哪里。我去便利店寄冬衣包裹的时候，他一边收手续费一边看地址。他了解我的生理期。他看到我定期去买卫生巾。他看到我把安全套倒放在收银台上。从饮食到性生活，他"目睹"我的一切。便利店是销售所有物品的地方。Q卖场成了我最常去的地方。虽然青年没有私下里和我聊过一句，可是对我的了解却比任何便利店都多得多。也许我自己都不知道的习惯，他却知道。

　　他没有问过我的专业。我想告诉他我的专业。我和买垃圾袋的女人不一样。这并不意味着我想和他谈恋爱。我只是不喜欢他了解我的私生活。明明知道却沉默不语，他的淡漠让我觉得他厚颜无耻。快餐在微波炉里转动的一分三十秒里，或者在首尔牛奶转动的二十秒里，一声不吭的他令我心生好奇。我每天好几次像掏出内脏似的把吃喝拉撒都暴露在你面前，你却总是穿着蓝色制服，面无表情。我对你一无所知。在7-11，我是学习食品工程学的学生；在小吃摊，我是国语系的学生；在全家便利店，我是买安全套的看似未成年的成年人。这个社区的人们对我的认识各个不同，也许只有他了解最低限度的真相。

我想象有一天，在三家便利店相对的公路中间，一个女人被车撞死。三个便利店的老板，也就是证人都说自己"认识"她，然而每个人的陈述都不一样。面对互相矛盾的陈述，便利店老板们怀疑自己的记忆，于是开始否认，声称"不认识"这个女人。经过三次否认，女人又会是什么样子，变成了谁？这就像背对收银台给某人发短信的便利店青年，谁也不知道他心里的收信人是谁。即使有人因为好奇而跑上公路，也得不到答案。因此我没有去公路中间，而是去了便利店。

圣诞节的傍晚,首尔街头冷得结了冰。大街上冷冷清清,人们都集中在繁华街区,郊区空空荡荡。某保险公司发广告说,如果从秋天到圣诞节这段时间内下雪,就给投保者发钱。那天从大清早就开始下雪了。前不久结束高考的妹妹要去首尔找复读机构,计划先在我这里住一夜,在鹭梁津找好备考辅导班后再回老家。我已经从电话里得知妹妹要来的事,就在距离我家不远的范围内往返于网吧和餐厅间。十点左右,接到妹妹乘坐末班车到达首尔的电话没过多久,我又接到一个朋友的紧急电话。她说头疼,让我过去看她,声音听起来很痛苦。因为走得太急,我只带了银行卡和手机。不一会儿,我就慌了,因为妹妹没有我的房门钥匙。如果只是一两个小时,倒是可以让妹妹在网吧里待会儿,可我不知道自己要在急诊室里等多久。妹妹对首尔也不了解。我想把钥匙放在常去的便利店,然而时间来不及了,而且圣诞节,很多店铺都关了门。我也不能随便把钥匙交给陌生人。我在门口徘徊,不知如何是好。突然,我想起一个人,就是Q卖场身穿蓝马甲的青年。他是附近我认识的为数不多的人之一。我直接去了Q卖场。

走到Q卖场,里面只有青年自己。他用扫描器对准套餐盒,又从自己口袋里掏钱,塞进现金箱。他好像想趁着不忙的时候吃饭。我气喘吁吁地站到收银台前,青年惊讶地看着我。我犹豫片刻,自言自语似的对他说道：

"对不起，我有件事情想拜托您。"

青年手里拿着盒饭正要吃，对我说：

"什么？"

我觉得在说出钥匙的事情之前，应该先解释一下我们之间的亲密度，这样应该会有所帮助。

"您……认识我吧？"

他端着饭盒，呆呆地盯着我。

"哦，住在这附近的……经常买济州三多水和迪士加香烟……"

青年还是流露出懵懂的表情。我着急了。

"洁净世界卫生纸，垃圾袋只买10升的，快餐只买黑米饭……您不知道？"

他眉头紧蹙，表情难堪，仿佛在回忆醉酒后共同过夜的女人。最后，他开口说道：

"这位顾客，很抱歉，可是很多人都买三多水和迪士加香烟啊。"

我愣住了。他依然用清澈的目光望着我。我的口袋里装着还没拿出来的钥匙。握着钥匙的手上冒出了冷汗。

那时候，小吃摊不见了。有人说他们到别的地方开了更大的店铺，有人说便利店的老板们举报了他们,也有人说是老妈妈生病了。我对他们的情况有点儿好奇。想到经过那里不用再费心思,我又觉得很安心。

圣诞节过后第六天,我一动不动地躺在房间里。房间里没有电视,我只好无所事事地蜷缩在被窝里。隔壁间歇性地传出有关年底活动的新闻。怀着对新年的期待,播音员的声音显得格外兴奋。和圣诞节时一样,人们都涌向举行庆典的城市。我感觉口渴,就在小冰箱里摸索。冰箱里只有一个空水瓶。我在被窝里磨蹭了很长时间,终于起床了。穿上厚实的夹克,我把手机和几张千元纸币塞进口袋,就出了门。正好肚子饿了。我走出门外,街头正飘着雪。

Q卖场里静悄悄的。2002年12月31日夜里11点,空荡荡的便利店里,身穿蓝马甲的打工青年低着头,正在给某人发短信。收信人在收到信息的同时也会知道短信发送时间。我穿过Q卖场长长的过道,来到冰柜前。我从冰柜里拿出一瓶水,又从旁边的冰柜里拿出一盒快餐饺子,走向收银台。青年发完短信,把手机放在身后的货架上。我想起圣诞节时的事,看了看他。他像上次一样,似乎没认出我来。也可能是故意装作不认识。当然无论是哪种,我都不会介意。我的朋友很快就恢复了健康，妹妹也在房东的帮助下住进了我的房间。他用扫描器对准水瓶。嘟嘟嘟——信号音响起。青年转身朝向货架，看了看手机。

"2800 元。"

看完短信，青年露出失望的表情，拿出塑料袋。

"请帮我热一下。"

我递过快餐饺子。便利店里弥漫着福音圣歌的旋律。卖场里只有我和他。我靠在玻璃窗前的简易桌子旁，注视窗外的风景。街头冷冷清清。见我从收银台离开，来到桌子旁，青年又拿起手机，打起字来。就像在长途汽车上，突然有人坐在自己放包的地方。我盯着外面。汽车尽情地全速奔跑。每当这时，公路上薄薄的积雪就会荡起旋涡。那天，7-11 的招牌也很明亮。全家便利店的淡绿色招牌同样耀眼。这期间，青年又看了好几次手机。短信提示音始终没有响起。

有人走进卖场。一个二十来岁、头戴蓝色棒球帽的男人。男人在铁质货架间走来走去，挑选各种商品。

就在这时，公路上突然传来嘎的响声。我和 Q 卖场青年，以及戴棒球帽的男人同时看向窗外。便利店的玻璃窗外，一名女高中生在我们眼前忽地飞起，又落到公路上。人行横道前，一辆白色索纳塔好像受到惊吓似的停了下来。索纳塔大概是慌了，突然全速驶离。Q 卖场青年立刻冲出门外。我看呆了，站在原地一动不动。玻璃窗外聚集了很多人，包括全家便利店的老板娘。人们纷纷拿出手机，给警察署、恋人、家人打电话。女高中生头破血流，校服裙子掀了起来，露出白皙的下身。人们围成了圆圈，却没有人靠近女高中生。也许是因为太惨了。

我朝收银台走去。这时，头戴蓝色棒球帽的男人抓了一把收银台前的彩票，放在自己胸前。我慌忙转身朝向售报亭。与此同时，打工青年的手机里响起了收到短信的信号音。那一刻，蓝色棒球帽和我目光相对。我感觉自己的呼吸都停止了。我想再次转移视线，然而微波炉发出叮的声音，停止运转。这声音像是涂了胶水的琴弦，在我和他紧张的视线之间轻轻弹跳。在这个一切都很新鲜的地方，他那和我对视的深邃的小眼睛竟有种过期腐烂的感觉。而且……很眼熟。我故作泰然，努力回想在哪里见过他。在哪里呢？全家便利店吗？还是LG25？在哪里呢？我想不起来了。一个念头闪过脑海，说不定他也和我一样，是个离不开便利店的人。不一会儿，青年喘着粗气回到卖场。我和蓝色棒球帽静静地站在收银台前。

"看到了吗？内裤都露出来了。"

面对Q卖场青年的兴奋，蓝色棒球帽没有回答，付了一盒口香糖的钱，就慌忙离开了。我站在便利店青年面前，脸色苍白，良久未动。

便利店小伙子盯着我看了一会儿，突然想起了什么，朝微波炉走去。

"对不起。"

我接过他递给我的快餐饺子。购物结束了，我还是呆呆地站在便利店青年面前，青年用异样的目光望着我。我觉得自己应该对他说些什么，一时间又想不起说什么才好。我犹豫片刻，吞吞吐吐地说了一句话，然后离开了 Q 卖场。

"有短信。"

离开卖场，我这才朝现场走去。现场仍然围着很多人。马路上，鲜血冒着热气，白色的雪花落在上面。雪落在血上，立刻就融化了。奇怪的是，全家便利店的女人显得格外激动。她像被气枪击中的木马，冲着瞪大眼睛倒在地上的女高中生指指点点，努力向人们解释着什么。

"她让我拿一箱可乐，所以我去了仓库，而她趁机拿了几包烟就跑。我追出来，她可能太着急了，在马路上乱跑。"

警车和救护车应该还没有到。偷香烟的女高中生继续留在马路上，周围的人们赶走了看热闹的孩子。正在这时，我看到正在等待过马路的棒球帽男人朝女高中生走去。我留心盯着他看。偷彩票的男人胸口揣着沉重的绝望，一步步靠近谁也不愿靠近、头破血流、双腿叉开、露出内裤的女高中生。我紧张地注视着蓝色棒球帽。这位青年从人群缝隙中挤进去，走到女高中生前面，弯下腰去，轻轻放下掀到胸口的裙子。

青年离开后，女高中生的眼睛依然瞪得很圆。

我去便利店。第二天，第三天，我都去便利店。那里没有发生任何事。Q卖场的蓝马甲青年换了好几个，那里的男人都穿蓝马甲，所以无所谓。我又去给手机充过几次电。老板拿走了充电器，放上了一次性电池。有过几次暴雪、梅雨和大雾，本来就是这样子，所以无所谓。如果偶尔想听别人"说话"，那就去7-11，那里的老板爱说话。勒令录像厅里紧紧拥抱的年轻恋人退学的老师来买大碗面；让女人堕胎的男人口渴了买啤酒；经常挨爸爸训斥的待业青年今天又抽完了香烟。这份关于什么事也没发生的记录，终于变得无聊。

那里从来没有休息日。在那里——在那个我假装知道自己需要什么的地方——我没有遇到任何人，没有拥抱任何人。去便利店期间，我经历了分手、寻找，我意识到自己也是可以杀人的人。这一切没有人知道。辽阔的空间太陌生，我迟疑不决，不知道该看向哪里。如果你去便利店，你要仔细看四周。你旁边的女人在便利店买水，可能是为了吃药。你身后的男人在便利店买剃须刀，可能是为了割腕。你面前的少年买卫生纸,可能是为生病的老妈妈擦拭下身。你可以偶尔想起,也可以想不起来。Q卖场、7-11、全家便利店不会知道。便利店的关注点不是我,而是水,是卫生纸,是剃须刀。所以,我去便利店。多的时候一天几次,少则一周一次。很奇怪,那段时间,我总是需要什么东西。

弹跳跷

很久以前,我们家门前有一盏上了年纪的路灯。准确地说,不是我们家,而是房东家门前,但是它正俯视着位于楼顶的我们家。尤其是我和哥哥的房间的窗户。那时候,哥哥和我的头顶总是萦绕着路灯的黄色光芒。

没有人知道它的年龄。我们只知道它从很久以前就在那里了。早在我出生很久之前,它就在那里了。伸长的脖子和微弯的肩膀,像非洲草原上最早直立的类人猿一样——孤独。

因为很久很久以前就在那里,所以它无所不知。落日的时间,月亮倾斜的角度,悠久的琐事带出的名字,我们谈论爱情时的话语,大教堂的美丽和砂砾乐队的歌曲——它都知道。

它能做的是熄灭，点亮。不过，它把自己唯一能做的事做得勤勤恳恳。因为它知道，这样偶尔还可以创造奇迹。在我看来，它熄灭、点亮的瞬间就是世界迅速闭眼、睁眼的时间。这短暂的时间里，不为人知的事情正在地球上不为人知地发生。正如很久以前我们短暂的吻。正如你不相信的事情发生在咫尺之遥的嘴唇上的那些日子。

一无所有的年代。尽管一无所有，却因为有白天和黑夜而需要路灯的年代，路灯跟着地球旋转、闪烁、熄灭，再转一圈，闪烁，点亮。我托腮坐在窗前，想象着路灯旋转的轨迹应该比地球的轮廓更大吧。地球的圆周和路灯用指尖画圆的直径，以及生活在两个圆的直径差制造出的缝隙里的人们……紧接着出现了折起翅膀落在路灯罩上的翼龙，以及露出庞大的生殖器在路灯下撒尿的克罗马努人。爬到路灯上，用手指沾口水捕食飞蛾的猴子；抓着路灯杆啜泣的毛利族残兵，统统在我们家门前出现，继而消失。望着尾巴消失在胡同里的马达加斯加指猴，我常常想，胡同真是个适合消失的场所。

我们住在小城市的组装房里。我们家是房东建在楼顶的房屋，没有经过许可，只为收租。房东的房子地势较高，所以我们家可以饱览整个社区的风景。社区由弯曲的胡同和崎岖的道路组合起来，像个皱皱巴巴的圆圈。每天好几次，人们迅速渗入皱纹之间，又露出来。看得见整个村庄的集装箱里住着爸爸、哥哥和我三个人。

一天，爸爸说：

"听说玩弹跳跷可以长大个。"

我对长大个没什么兴趣，倒是想要一副弹跳跷。爸爸望着我充满期待的眼睛，说道：

"给我看看你的小鸡鸡，就给你买。"

"什么？"

"小鸡鸡。"

正在看报纸的哥哥漫不经心地说：

"听说有个宇航员在太空里长高了，爸爸。"

爸爸没有回答哥哥，而是等待我的回答。我犹豫着小鸡鸡和弹跳跷哪个更宝贵。想来想去，我还是不知道哪个更重要。

"不愿意？"

我的小鸡鸡感觉到寒意，萎缩得厉害。我想起我的年龄、梦想，以及爱我的人们的面孔。然而内心深处的某个角落却不停地说，只要忍耐几秒钟，所有的人都可以幸福。

"……现在吗?"

爸爸点头。

"听说是俄罗斯的宇航员,弯曲的脊椎在失重状态下挺直了。"

我用颤抖的手拉下裤子拉链。南大门敞开,印在内裤上的"机器人跆拳V"①紧握拳头,仿佛马上要起飞。爸爸向我露出鼓励的微笑。我深深地吸了口气,拉下内裤。沙沙,哥哥翻着报纸说:

"可是爸爸,人的脊椎可以直起来吗?"

爸爸经营一家电器铺。说是电器铺,其实只是个零件和电线如同肠子般纠缠的小空间。电器铺门前堆满了出故障的家用电器。它们都带着委屈的表情,像在派出所等待录口供的醉汉。爸爸蜷坐在没有靠背的椅子上,隔着没有擦拭的镜片观察那些机器。爸爸的眼神就像某件事做久了的人,看似漫不经心,实则细致入微。爸爸给我看蛀牙的时候,我也曾感受过相似的视线。爸爸一辈子修理出故障的物品,为此搭上了视力、肛门和腰。爸爸修理的物品和物品的故障都微不足道,所以爸爸希望我们成为大人物。我们为卡在录像机磁头的黄色录像带急得团团转,然而村里只有爸爸这个修理铺,我们只好带到隔壁村庄。

---

① 《机器人跆拳V》是韩国经典动画片,也是世界影坛最早的"动作+机器人"的动画电影,1976年上映,2006年重映。

这些爸爸都知道。其实，那时我们从未想过自己长大以后会成为优秀的人。

可是那天，哥哥说起俄罗斯宇航员的时候，我在非常短暂的瞬间里很想成为优秀的人。如果我成为优秀的人，如果我把爸爸送到太空，说不定爸爸疼痛的脊椎会舒展开来。可是在这之前，还需要漫长时间。所以在成为优秀的人之前，我决定先成为滑稽的人。幸好那天爸爸看了我的小鸡鸡之后，比乘坐宇宙飞船还要幸福。

我得到了弹跳跷，高兴得穿着内裤跑到院子。我甩着西瓜头，踩上了弹跳跷。双手紧握扶手，脚踩踏板，伴随着弹簧的弹力，我的羞耻早已飞到了遥远的太空。

我玩弹跳跷玩得很好，只要上去了，就不肯下来。哪怕挨爸爸打，哪怕我喜欢的歌手获得了年轻歌手奖，哪怕哥哥不停地说着莫名其妙的话，我也还是在玩弹跳跷。那天，全世界因为哈雷彗星时隔七十六年归来而沸沸扬扬，我照样在楼顶安安静静地玩弹跳跷。我背靠着世界的喧嚣，在路灯下独自玩着弹跳跷。我的身影既孤独，又优雅。我玩弹跳跷的动作里，怎么说呢，包含着某种"精神"。

跳起时看到的村庄风景，每时每刻都不一样。咚，跳起来的时候，刚才看见的大叔消失得无影无踪。再一次。咚，一跃而起，刚才还没看见的女中学生出现了。隐约看到的远方，那种若隐若现的感觉我很喜欢，于是不停地跺脚。有一次，我竭尽全力跳起，希望自己在双脚落地之前消失。我闭上双眼，在空中停留片刻。当我在空中悄悄睁开眼睛，我看见路灯冲我眨眼。我倒在楼顶的混凝土地上，仿佛练习许久的台词终于派上用场似的大声喊道：

"啊，吓我一跳！"

不玩弹跳跷的日子，我就在楼顶吐口水，或者坐在窗边看天空。窗户上有个破洞的纱网，像秋天的石榴般裂开。每当有风吹来，许久没有洗过的绿色窗帘轻轻摇曳。我把头埋在窗帘里，深深地吸一口气。我喜欢尘土气息带来的陈旧而幽静的感觉。尘土气息，怎么说呢，它让我觉得我生活在从未生活过的世界，好像活过一次却还是不了解的世界。那时我个子很矮，我和夜空之间的距离也更远。如果可以让深邃幽蓝的天空变得更远，我宁愿自己更矮小。

哥哥每天都在看《科学东亚》，认真做笔记。哥哥大我三岁。小学时，哥哥制作的橡胶动力机在科学竞赛中获得第一名。从那之后，他就相信自己有科学天赋。其实哥哥之所以获奖，仅仅是因为时间，也就是坠落时间比别人的飞行时间长。哥哥的飞机根本没有飞起来，径直落在操场上。如果是普通飞机的话，刚升空就会立刻坠落。哥哥的飞机在飞行过程中，机尾出了问题，没有立刻坠落，而是旋转很长时间才落地。几十架飞机在空中优美地盘旋，全部在操场着陆的时候，哥哥的飞机仍然在旋转，"发疯"般降落。记得哥哥抱着奖杯开怀大笑的时候，全校学生对他报以模棱两可的掌声。

那天夜里，爸爸向哥哥宣布：

"你要考空军士官学校。"

哥哥说：

"现在陆军士官更受欢迎。"

我蹦蹦跳跳地嚷道：

"爸爸，那我呢？我长大后做什么？"

爸爸用他的大手推开我的脸，说道：

"你就好好长大吧，这是孩子该做的事。"

哥哥满脸尴尬地说：

"我眼睛不好。"

爸爸大吃一惊，问道：

"你，眼睛不好吗？"

我和哥哥用奇怪的眼神望着爸爸。哥哥很早就戴上眼镜了。

"不行，我得把电视挪走。"

那一刻，我真想抽哥哥的嘴巴，然而看到爸爸的表情，我忍住了。我沉着地说：

"爸爸，哥哥反正学习也不好，眼睛也不好，电视还是正常看吧。"

哥哥稀里糊涂地点头。爸爸说：

"你不用管，电视肯定要挪走。"

与其说是为了我们的未来，倒不如说是作为家长在需要做决定的瞬间，哪怕不知道该怎么办，只是总得做点儿什么的时候才做出的荒唐结论。结果爸爸把电视从家里搬了出去。我们突然无所事事了。去朋友家看电视，或者去漫画书店也不是长远之计。我哭丧着脸对哥哥说：

"想个办法吧。"

几天后，哥哥在爸爸的店铺门口摘下眼镜，大声说道：

"爸爸！我能看清了！感觉眼前豁然开朗！"

哥哥像盲人似的挥舞双臂向前走。爸爸说：

"我说什么来着，孩子的身体一天一个样儿。"

仅此而已。爸爸还是没有把电视搬回来。他说视力好不容易好转，不能再变坏了。哥哥像是被自己刺伤双眼似的抚摸着眼球，发疯地哭了起来。

第二天，爸爸发现电器铺里所有的电视屏幕都被锤子砸碎了。张着大嘴的电视机齐声合唱，发出包含着某种要求的声音。爸爸让我和哥哥并排坐下，说道：

"是谁？"

哥哥沉默。爸爸又问了一遍：

"是谁？谁坦白，就让谁看电视。"

我看了看爸爸的眼色，静静地举起一只手。爸爸的表情很认真，和我以小鸡鸡做担保要买弹跳跷时一样。我真的很想看电视。爸爸立刻抓住我的脖子，把我拖进卧室，毫不留情地大打出手。爸爸摸惯了坚硬物品的手狠毒而粗糙。我意识到自己上当了。我不停地哭着否认。爸爸却不相信。我又痛又委屈。复仇之火在我心里燃烧，我发誓绝对不会为了爸爸而成为优秀的人，更不想成为伟大的人。一上中学，我就要和女人上床。我要成为笨拙而下贱的人。最重要的是,等爸爸老了，我要把他送到没有电视机的养老院，让他无聊至极。哥哥在门外焦急地踱来踱去。我盼望哥哥夺门而入，趴在地上说"爸爸，是我干的"，然而这样的情景没有出现。爸爸扑通坐在地上，说道：

"屏幕碎了，修都没法修了。"

我想大声呼喊："那我的心呢？我的心灵呢，爸爸！"可是我没有说。因为我知道爸爸会回答："我先修完电饭锅，再修理你的心。"爸爸瞟了一眼正在啜泣的我，拿起外套，急匆匆地走了。爸爸离开后，哥哥也没走进卧室，继续在门外徘徊了很久。

那天夜里，爸爸醉酒回来的路上，因为房东家的狗叫了几声，爸爸就拿起弹跳跶对着那条狗乱打一通。第二天，爸爸又像狗一样在房东女人面前求情。第三天，我在院子里伸懒腰，看到地上有个塑料袋，周围都是斑驳的痕迹。我用棍子轻轻撩起塑料袋，往里面看。原来是瘪了的"Together"冰激凌包装盒，里面的冰激凌都化了。"Together"是我最喜欢的冰激凌。我觉得奇怪，但不知道该怎样表达这种心情，于是就去玩弹跳跶了。

几天后，哥哥腋下夹着收音机，昂首挺胸走进卧室。哥哥有生以来第一次像个哥哥的样子，说道：

"从今往后，一切都由我们自己看着办。"

哥哥好酷啊。不过我认为所有的事情都能看着办，这是爸爸的事，我们玩耍的时候偶尔反抗一下就行了。哥哥说没有电视，他可以让我听收音机。我说没有必要，可是哥哥发疯似的埋头修理收音机。我说我已经忘掉电视的事了。哥哥却变得悲壮起来，坚持要把收音机修好。哥哥从爸爸店铺里偷来零件，装进收音机，再拿出来，忙乎了一整天。像为了逃离沙漠而努力修飞机的驾驶员，哥哥紧贴在收音机旁边。我趴在地上做作业，哥哥调试各个频道，听着间歇性传出的立陶宛方言，我被不祥的预感包围了。哥哥，真的能成为科学家吗？有一天，他真的会成为宇宙飞船维修员，和仙女座长着三只耳朵的公主结婚吗？那么我可以对长着三只耳朵的嫂子说泡菜太咸吗？仅此而已，只是收音机而已，不是吗？正在修收音机的哥哥转头冲我一笑：

"相信哥哥。"

他的微笑是那么清澈。我迟疑着向后退去。我开始思考，究竟是什么使哥哥突然变得如此强大。我有种遭到背叛的感觉。

哥哥想成为科学家。因为他"相信"自己有才华。不过在我看来，哥哥没有丁点的科学天赋。或许哥哥唯一的才华就是"自信"。总之，哥哥变了。哥哥不再是那个摘掉眼镜大喊"爸爸！我能看清了！"的傻子。哥哥变成了沉默寡言、表情却又像有话要说的少年。哥哥常常满脸愁容,随身带着科学书籍。惊人的是,即便这样,哥哥也绝对算不上酷。哥哥公然宣称自己要进入韩国科学技术院,可是他的成绩在班里只能排三十六名。为了成为科学家,哥哥做了他可以做到的所有事情。学习、运动、剪报纸,还加入了文学社团。哥哥说要想成为科学家,必须要有想象力。他还说了许多不知道从哪里听来的话,比如"天文学家的理论本身就是一首完美的诗"。那时我就想对哥哥说些什么,但是我不能,于是就去玩弹跳跷了。

第二年夏天,表哥从首尔来到我们家。他说利用假期背包旅行,顺路来了我们家。他是真正的科学家,正在大学学习天文学。他谦虚而且深思熟虑,柔和之中包含着让人服从的力量。我喜欢他,却不敢靠近,只能笑嘻嘻地在周围讨好他。我喜欢他读书时撩起头发的动作。我喜欢他干净的镜框,也喜欢他沉稳而优雅的语调。偶尔目光相对,他冲我露出智者特有的帅气微笑。他刚来我们家时,爸爸说:

"我的孩子在学校获过奖,有点儿科学天赋,你多帮帮他。"

哥哥却不需要表哥的帮助。哥哥讨厌表哥。哥哥对表哥就像对继母。对于表哥的关心,他用近乎鲁莽的强烈态度表达"我不会上你的当"的意志。他的脸上仿佛写着,"我有这样的意志,请你专心听我的话,我可是有着这样的意志呢！哈，真是的！"哥哥不停地向表哥发送电波，期待表哥能正确解读自己全身心表达的信息。"我虽然在科学方面有点儿天赋，但是如果你要帮我，你就死定了。"

表哥只在我们家住了几天。我忘不了他在离开之前和我的对话。我坐在傍晚的窗边，脸埋在摇曳的窗帘里。表哥来到我身边坐下。他像家电广告里的慈祥家长，用手指着天空说道：

"一位德国天文学家说，人类身体里的原子和分子至少从其他星球经过一次。"

我不理解他的话，然而这种不理解的心情却令我悸动和忐忑。他静静地把手放在我的手上。

"你摸摸看。"

我望着他大大的手掌。那只手是那么值得信赖，好像只拿一把刀就被流放也没关系。

"我们身体里的原子经过其他星球，那就意味着生活在其他星球的生物体内的原子至少也从这里经过一次。"

我仍然不明所以，心里痒痒的。很奇怪，我无法把手收回。他说：

"你知道吗？你现在抓着的是什么……"

我不知道。我想回答我抓着什么，表哥为什么不是我的亲哥哥，我的手为什么这么小，这么弱，这些我都不知道。他的手太温暖，我说不出口。他突然站起身，把半导体收音机拿到窗边。装有超大火箭电池的收音机，天线长长地伸到窗外，指向遥远的恒星。表哥调频道，发出呲呲的声音。那是李文世的《旧爱》。当时我还小，但是很悲伤。远处窗外，我看见和路灯展开较量的爸爸的身影。醉酒的爸爸跌跌撞撞地和路灯打架。

我们又一次抬头，仰望天空。他闷闷不乐地说：

"今天我看新闻，一个男人凌晨随便拨电话说，是我啊。这个男人没有工作，年纪也不小，刚开始大概没有多想。"

"……"

"人们都以为是骚扰电话，直接挂断，有个女人突然问，你好吗？边说边哭。女人以为他是自己的旧情人。男人对已经结婚的女人假扮恋人，几个月时间骗走了几千万。"

"……"

"心这个东西，是不是很奇怪？"

我想表哥应该是爱上了某个人。他的背包旅行也和这段爱情有关。我们不约而同地沉默了。我喜欢他在我面前扮演成人角色。望着天线指着的天空，闻着闪烁的星星发射出的浓浓尘土味，我暗自思忖，如果我在这里说："是我啊……"那颗星球上的某个地方会不会有人哭泣。

当我想象着在另一个星球的某个地方哭泣的某个人，真正哭泣的却是我的哥哥。有个人躲在门后，眼里充满嫉妒，偷偷看着迷恋于真正科学家的弟弟。这个人就是在学校科学竞赛橡胶动力机组获得第一名的哥哥，修理一台收音机就哼哧哼哧费了好几年的哥哥。我和哥哥四目相对，在我眨眼的瞬间，哥哥迅速消失在门后。

就像很多事情和很多人，几天后，表哥自然地离开了我们家。爸爸仍然每天去电器铺，我和哥哥放学回家吃晚饭。落日，刮风。不为人知的事情在不为人知地发生。围墙底下的地钱，很久没有修理的冰箱里的黑暗，以及我的身高都在快速成长。爸爸偶尔喝酒，我们仍然不懂事。我知道成为优秀的人很难，同样，想成为糟糕的人也不是谁都能做到。某个瞬间，我放弃了报复爸爸的念头。下雨，刮风。一件件或私密或不可遗忘的事情从身边掠过。雨季过后，家门前的路灯全身沾满锈水，像是长了红疹。酩酊大醉的爸爸踢着路灯，大声吼道：

"你，想变成树吗？"

几年过去了。

有一天，哥哥报考的大学公布录取名单的那天，哥哥离家出走了。哥哥刚离开家，天空就下起了暴雪。爸爸睡不着，我每天夜里都坐在窗边等哥哥。"如果哥哥突然出现在弯弯曲曲皱皱巴巴的小路中间，如果不是在我睡觉或吃饭的时候，而是像这样等待的时候，哥哥回来多好啊……"哥哥没有回来。门前路灯的灯泡掉了。人们说洞事务所会处理，然而路灯就那样废弃了很长时间。我翻了一遍以前从未关心过的哥哥的《科学东亚》，在庞大的分量和多种多样的理论面前——我真实地感觉到了哥哥世界的厚度。正因为这个厚度，我稍微有些内疚。

几天后，爸爸在炕头小睡，突然猛地坐起来，说梦见哥哥回来了。爸爸穿着内衣，在雪花纷飞的窗边徘徊。爸爸担心回家的路会因为下雪而结冰。如果哥哥回来的时候赶上下雪怎么办？路灯也坏了，万一在路上摔倒怎么办？爸爸深信那天夜里哥哥会回来。他紧接着换好了衣服。

"我要去修路灯。"

爸爸手里提着小工具包。我大吃一惊，问道：

"路灯怎么修？"

爸爸说：

"开了几年电器铺，还能连这都不会？"

爸爸穿上羽绒服，摇摇晃晃地出了门。我拿着红色手电筒，慌里慌张地跟在后面。爸爸从铁匠铺借来梯子，爬到路灯上面。我和铁匠铺大叔紧紧抓着梯子，爸爸还是摇摇欲坠。粗暴的雪花挡在爸爸眼前。我用手电筒照亮爸爸的视野。我害怕爸爸会触电或者摔死。漆黑的夜晚，挤进胡同的雪花越来越大。爸爸爬到上面不到一分钟就下来了，路灯没有修好。爸爸跺着脚说，没想到手这么冷，然后像是难为情似的，撒腿跑回家去了。担心哥哥摔倒的结冰路，爸爸却跑得很快。我们到家的时候，哥哥坐在客厅里，一边看新买的科学杂志，一边吃方便面。

那天夜里——三个人都有点儿轻微感冒，这让我们的心情有些难以平静。爸爸问哥哥去了哪里，哥哥说："我去买磁带了。"爸爸问："去买什么磁带了？"哥哥回答："巴赫。"爸爸说："那就放放听听吧。"哥哥起身，从房间里拿来半导体收音机。我摇了摇头，收音机不可能修好的。哥哥默默地把磁带放进收音机，按了按钮。咔嚓，磁带开始转动，像哥哥的模型飞机降落时那样一圈圈地转。我盯着磁带转动的样子，看了很久很久。仿佛那是宇宙的发动机。还有音乐，如同沉默般美好的音乐。我一动不动地听着那个声音。收音机稍微有些杂音，不过是人活着都难免会发出的小小噪音而已。我问哥哥：

"怎么做到的？"

突然间，窗外的路灯闪了闪，又灭了，然后亮起来。很久以前也有过这样，这是它唯一能做的事。我经常认为路灯闪烁的瞬间就是世界迅速闭眼、睁眼的时间。在这短暂的时间里，不为人知的事情在地球上不为人知地发生。路灯冲哥哥眨眼，像全身瘫痪的病人用眼皮鼓掌。那时，我觉得路灯的存在或许并不是为了展示什么，而是为了视而不见。所谓的奇迹，或许就是在闭眼的时间里发生的事情。突然，我意识到以前和表哥一起听音乐那天，收音机就已经修好了。哥哥是什么时候修好的呢？

说到这里，我可以承认自己说过谎。小时候我让爸爸看我的小鸡鸡，得到了弹跳跷。这是千真万确的事实。我喜欢骑在弹跳跷上面咕咚咕咚跳来跳去。这也是事实。但是，我在玩弹跳跷时看到和感受到的东西是错误的。因为弹跳跷的跃起时间没有那么长，也没有那么短。弹跳跷并不是"咚——"地跳起，然后"咚——"地落下。物如其名，它就是个弹弹跳跳的东西。弹跳跷上安装的弹簧，弹性很差劲。站在弹跳跷上面，要想保持原来的姿势，必须拼命地跳来跳去，咚咚咚咚。

姿势不优雅，也不美丽。挣扎着保持姿势的样子甚至有些轻薄和滑稽。弹簧动的时候，弹跳跷会发出吱嘎吱嘎的奇怪声音。不过那只是每个人都可能发出的噪音。因此当我忽忽腾空而起，路灯悄悄向我眨眼，或许并不是假的。

很久以前，我们家门前有一盏上了年纪的路灯。因为它早在很久很久以前就在那里，所以它无所不知。

我托腮坐在窗前，想象着路灯旋转的轨迹应该比地球的轮廓更大吧。地球的圆周和路灯用指尖画圆的直径，以及生活在两个圆的直径差制造出的缝隙里的人们……比如哥哥、爸爸，或者像我这样的人们。

哥哥回来了，还没等我们问"没事吧？"他就已经若无其事了。所以，路灯下我们家的故事似乎可以到此为止了。不过一直被我忘记的那件事还是说出来为好。那是从哥哥获得橡胶动力机比赛第一名那天算起一年之后发生的事。

一年后，哥哥再次出征科学竞赛。四月是科学月，蔚蓝的天空下，手里握着橡胶动力机的学生们在操场上奔跑着进行飞行试验。我和爸爸坐在学校的看台上，期待着哥哥"连胜"。操场上充满了孩子们的兴奋和呐喊，以及麦克风里流出的嘹亮音乐。参赛的学生都很紧张。也难怪，制作橡胶动力机需要投入高度的专注和热情。为了那年的比赛，哥哥经常熬夜埋头于橡胶动力机的制作，暗下决心，这次一定要展示自己真正的实力。几天前，哥哥坐在橡胶动力机零件前，虔诚得犹如祭祀。哥哥把图纸放在地板上，用刀剪掉主杆的多余部分，对比图纸和平面，仔细观察机体是否左右对称。然后照着图纸，用线和胶水组装机体，在骨架上涂液体胶，贴上熨烫过的纸。等待液体胶干燥的时候，哥哥一动不动。不一会儿，哥哥小心翼翼地把橡胶绳挂上机体。看上去哥哥就像是为制造橡胶动力机而生的人。哥哥伸开双臂，托起完成的橡胶动力机。机翼的角度，机尾的样式都很流畅。不过，其他参赛的哥哥们也不容小觑。参赛者的脸上充满自信，一丝不苟地缠着橡胶绳。天空晴朗，风也柔和。机翼绷得很紧，仿佛要撕裂，辅助着飞翔。比赛终于开始了。哥哥静静地背风而立。哥哥走上前，解开飞机螺旋桨，等到旋转变得剧烈时，推向天空放飞。哒哒哒哒哒——缠绕的橡胶绳迅速解开，哥哥的飞机奋力飞起。与此同时，其他哥哥的飞机也齐刷刷地飞起来，像一群蜻蜓。老师们迅速按下计时键。哥哥抬起头，目光迷茫地注视自己的飞机飞向远方。爸爸和我都站起来，目不转睛地盯着哥哥的飞机。哥哥的飞机刚起飞，就发出砰的响声，开始降落。哇——惊叹声还没结束，我们看着坠落的过程还没做好心理准备，飞机就从天上掉了下来。哥哥好像受了刺激,站在原地纹丝不动。天空中仍有几十架飞机在飞翔,画出优美的曲线。所有成功起飞的飞机都像约好了似的开始降落。哥哥再次惊讶地看向天空。飞机像纸风车,一圈圈地旋转着陆续坠落。其他哥哥了解到去年哥哥夺冠的秘诀,都在飞机尾部做了手脚。只是他们事先没有约定,所以都很惊讶。操场上,所有人都一齐抬头,注视飞机坠落的舞姿。画着圆圈、垂直降落的飞机宛如从天而降的花瓣雨,出人意料地美丽。哥哥呆呆地站在那里,接受花瓣雨的洗礼。爸爸和我默默无语。那时我第一次觉得,也许哥哥真的有才华。我的心脏剧烈跳动,然而不知道这是什么,也不知道该怎么说,那天夜里回到家,我独自……玩了弹跳跷。

她有失眠的理由

她已经换了好几个姿势。平躺、侧卧、俯卧都是最基本的,把抱枕夹在两腿中间或者垫在腿下面,或者抱着、扔掉,这些也都不用说。两条胳膊都抬起或只抬起一只,胳膊弯曲,伸直双腿,或者两腿弯曲,伸直胳膊。一条腿抬高,一条腿放下,双臂放在头上,头朝右侧或左侧。她的姿势由各种细分化的身体场景组成。或许这个世界上还存在某种她不知道的姿势,可以让敏感的人沉睡。她的翻来覆去就是逐一删除各种情况,寻找"正确答案"的过程。

每换一个姿势,她都会专心致志地思考一个主题,或者在一个姿势下进行多种思考。今天的事情和明天不要忘记的事,健康、税金、债务、某人的讣告、后悔和羞耻、等有钱之后下决心要买的东西、冰箱里食物的保质期……最多的想法还是"不能再继续想了"。她自言自语,"不要想,不可以想,不是说过了吗,不能再想了……可是那个人,哥好像受了刺激,站在原地纹丝不动。天空中仍有几十架飞机在飞翔,画出优美的曲线。所有成功起飞的飞机都像约好了似的开始降落。哥哥再次惊讶地看向天空。飞机像纸风车,一圈圈地旋转着陆续坠落。其他哥哥了解到去年哥哥夺冠的秘诀,都在飞机尾部做了手脚。只是他们事先没有约定,所以都很惊讶。操场上,所有人都一齐抬头,注视飞机坠落的舞姿。画着圆圈、垂直降落的飞机宛如从天而降的花瓣雨,出人意料地美丽。哥哥呆呆地站在那里,接受花瓣雨的洗礼。爸爸和我默默无语。那时我第一次觉得,也许哥哥真的有才华。我的心脏剧烈跳动,然而不知道这是什么,也不知道该怎么说,那天夜里回到家,我独自……玩了弹跳跷。

她有失眠的理由

她已经换了好几个姿势。平躺、侧卧、俯卧都是最基本的,把抱枕夹在两腿中间或者垫在腿下面,或者抱着、扔掉,这些也都不用说。两条胳膊都抬起或只抬起一只,胳膊弯曲,伸直双腿,或者两腿弯曲,伸直胳膊。一条腿抬高,一条腿放下,双臂放在头上,头朝右侧或左侧。她的姿势由各种细分化的身体场景组成。或许这个世界上还存在某种她不知道的姿势,可以让敏感的人沉睡。她的翻来覆去就是逐一删除各种情况,寻找"正确答案"的过程。

每换一个姿势,她都会专心致志地思考一个主题,或者在一个姿势下进行多种思考。今天的事情和明天不要忘记的事,健康、税金、债务、某人的讣告、后悔和羞耻、等有钱之后下决心要买的东西、冰箱里食物的保质期……最多的想法还是"不能再继续想了"。她自言自语,"不要想,不可以想,不是说过了吗,不能再想了……可是那个人,今天为什么跟我说那些话呢？"她的身体缩得很紧。她的样子就像试图保护自己不受各种思绪伤害的潮虫。她的脑海里浮现出今天早晨在地铁站发报纸的阿姨的手背、社区酒吧的招牌，以及某人为了缓和气氛而开的玩笑其实让人觉得失礼。电视广告词、朋友家堵塞的马桶、本月生活费还剩多少等等，犹如水沟上的垃圾从她身边经过。她的失眠有几万种理由。

她因为早晨偶然听到的流行歌曲而失眠。"我为什么不停地哼唱并不喜欢的歌曲呢？"她这样想着，却哼唱了整夜。她因为想不起世界上最长的桥梁的名字而失眠。或者因为想不起《我亲爱的甜橙树》的作者名字，想不起以前看过的电影名字而失眠。导演、演员，甚至连演员穿的衣服起毛都记得，唯独想不起电影名字。她把电影名字的第一个字满满地含在嘴里，努力吐出些什么。如果有人在身边说出题目的第一个字"收"，她就像坐在赛马场里看到赛马通过终点线猛然站起来似的，连气都不喘就能吐出"收件人不详"这几个字。不过她只在"SH"附近徘徊，因此无法入睡。这时候，她这样解释自己必须尽快入睡的理由：

"我现在很累。现在是凌晨一点。我六点钟要起床。室长常常提前一小时上班。他不喜欢我。如果现在不睡，白天我就会打盹儿。白天打盹儿就会出错。一旦出错，就要整夜去想犯错的事。这样一来，明天晚上也睡不好了，后天就会犯更大的错……可是那个人，他为什么跟我说那些话呢？"不过这些都只是构成她失眠的微不足道的理由。

为了入睡，她做过各种尝试。她在NAVER搜索窗输入"失眠症"，点击"失眠是遗传吗？""怎样判断失眠症状？""人类不睡觉可以活多久？"等问题之后，她的想法是"自己死也不会想知道的事情，世界上竟然有人想要知道"。这样想着，她自己也开始好奇了，像个迷路的孩子开始了失眠症测试，追随"是""不是"的箭头寻找妈妈，在终点得到"你的确是迷路儿童"的答案，或者冲着淋浴、牛奶、薰衣草香等单词眨眼睛。当有人说"在第十四个姿势集中想温泉，就会入睡"，她想起了关于温泉的不愉快回忆，又睡不着了。汗蒸房刚刚在各地普及的时候，她的住处附近也开了二十四小时营业的女性专用桑拿房。使用着四周用炭围起的汗蒸房，带有喷水龙头的大理石雕刻的浴缸，舒适的休息室，她感到心满意足。不知为什么，她感觉自己也开始考虑健康和美容，像个生活从容的人。她喜欢冷水池里的水压按摩器。抓着安装在壁面的扶手，按下感应式按钮，水柱就会喷出，适合按摩小腹和腰部。可是当她泡在冷水池里的时候，一位奶奶在水压按摩器前按摩小腹，无力地排出了大便。她失声尖叫，慌里慌张地跑出冷水池。她急匆匆地用淋浴冲洗身体，人们闹哄哄地围到了浴缸四周。她这才仔细去看冷水池里的奶奶。奶奶露出又黑又瘦、皱巴巴的身体，独自站在大便水里。她无法忘记奶奶那难以形容的表情，驼着腰站在那里的情景。如果当时不那么大惊小怪就好了。像这种"思考某件东西"的疗法对她没有效果。听说运动有助于睡眠，她照做了，然而整夜身体酸痛又让她睡不着。喝温牛奶会导致腹泻，冥想又让她觉得愚蠢。直到现在，她还没有找到有效的治疗方法。她决定更全面地分析自己失眠的原因。

　　她认为失眠的最大原因是自己的性格。她想成为所有人心目中的好人，理性而谦虚，周到而冷静，工作出色，打扮得体。其实她既不冷静，也不理智。她总是害怕拒绝，因为被人误会而不知所措。看到有人生气，她就会想"会不会是因为我？"明明没有做错什么，她却要去讨好别人。或者明明没有必要，却要去解释。别人因此感到惊讶的时候，她又会说更多的话，"不是这个意思……"令她痛苦的是万一有人察觉到自己的缺点，内心里看不起她怎么办。她试图改变自己。她不想成为喜欢辩解的人。忍受误会却又更加痛苦，她觉得这似乎是世界上最难的事。每当需要做出选择或决定的时候，她都会感到困惑。和别人打电话，她会敏感于对方的呼吸、迟疑、语气和语调。她会苦恼，"这个人是真的想和我见面吗？是因为内疚，因为觉得我想见面才这么说，还是觉得我不会真的同意才问，或者出于礼节？"她回答说"你合适的地方"或"你合适的时间"。她总是为别人考虑，但是她知道，她真正考虑的是自己。总是该说的话没说出来，却说了很多不必要的话。和别人通宵喝酒的时候，她做不到先行离开。当对方说要离开的时候，她会想"这个人是不是烦我了？"这样一来，她会觉得自己不会察言观色，所以出于表现得有礼貌的念头而说"好像是我拖得太久了"。她不擅长决定和选择，同样也不擅长拒绝。当对方的眼睛滴溜溜盯着她看的时候，她的脑海里不停地浮现出"说不行，说你不想"，可是说出来的却总是"好的""我会的"。偶尔鼓起勇气拒绝，也会因为担心"那个人要是受伤怎么办？""会不会觉得我是无情的人？"而夜不成眠。当她决定改变自己的时候，周围的人们问她："你哪里不舒服吗？"所有这些事都会在睡觉前重新浮现在脑海里。不过，这也不是她失眠的真正原因。

她不记得自己在入睡前想了什么。每天早晨都是凭借杀人般的意志起床，没有精力，也来不及思考。一旦从睡梦中醒来，她就手忙脚乱。她在很短的时间里做很多事情。仅仅化妆就有很多步骤。结束化妆之前，她需要像入睡过程那样复杂的程序。首先要让皮肤放松，涂上扩张毛孔的护肤水，提供水分和油分的乳液，再涂上爽肤水使毛孔收缩。为了增强皮肤活力，还要再擦一次保湿乳。紫外线是皮肤的敌人，防晒霜也必不可少，粉底要涂抹均匀，不能聚在一起。擦上遮盖斑点的粉底液，再用力按压粉饼，抹在脸上。她用修眉刀整理眉毛，再用头发的颜色画眉毛。眉毛越到尾部颜色越深，不能太粗，也不能太细。睫毛要向上圆圆地翘起。涂眼影。同色系的颜色，选择稍深的画眼线。她用比口红稍深的颜色画唇线。最好让下唇稍微显厚。涂完口红，再用唇彩增加光泽。用大毛刷在鼻梁上涂抹白色粉，使鼻梁看起来更高……她的化妆很普通。既不奢侈，也不窘迫。她像遵守交通规则一样遵守化妆常识，任何一项都不能省略。一直做的步骤不能不做，而且每样化妆品都有各自的功能。即便这样，女人化妆需要的东西还有很多很多。所有的"需要"被细化，所以她需要注意的事情比以前更多了。比如单是一只手，就需要护手霜和指甲油。比如专门的泡沫洗面奶、沐浴乳和眼妆卸妆油。不过这些对她来说并不重要。除了这些，她还有太多的事情要思考。卫生纸什么时候用完，除湿剂还剩多少，银行账户还有多少钱，她都要考虑。仅仅垃圾袋就有三种。税金的种类更多，疾病的种类就更多了。一个成人维持生计需要的东西和需要了解的事情太多太多了。古代的人们在更危险、更脏乱的地方都能安睡，现在自己生活在更安全的地方，却为什么失眠呢？她想不通。

她因为担心经血漏出而失眠。已经漏出来了,可是懒得更换卫生巾,不换又觉得不舒服,也难以入睡。听到前男友和比自己小五岁的女人交往的消息,她难以入睡。因为借给朋友两万元钱,没有归还而失眠。因为担心偶然见到的虫子会再次出现,在身边爬来爬去而失眠。因为深夜的广告语而失眠。因为担心自己身下会出现地洞而失眠。因为点歌单的拼写错误而失眠。不过这些也不是她失眠的真正原因。她回想自己从什么时候开始失眠。从高三开始的吗?还是从准备就业的四年级夏天?或者是在经济独立之后?她想不起来。她只记得,小时候的自己是个红脸蛋小孩,一睡就睡得天昏地暗。

今天晚上也一样,她在翻来覆去多次之后找到了舒服的姿势。她用三个枕头构成多种姿势。首先是双腿并拢,双手放在胸前的端正姿势。她的心情如同泛起涟漪的水面,平静却又不安。她从1数到100,第二次调整姿势。突然,一段回忆自然涌现。今晚她闭眼抽出的纸条上写着"内裤"。那是她来首尔时妈妈强行塞进包里的紫色内裤。妈妈从货车上买的内裤土里土气。深红色的内裤上面是白色腰带。腰带上刻着五颜六色的花纹。妈妈说:"女人一定要有很多内裤才行。"边说边眼泪汪汪地给她带上一捆内裤。虽说内裤是以实用为主的东西,可是二十岁的她每次穿这样的内裤,心情都会变得忧郁。她把内裤挂在晾衣绳上，看都不想看。有一天，她有了形影相随的男朋友，阴差阳错，她连自己穿了什么衣服都不知道，就把身体交付给了对方。当时男友在她面前笑了，她……也不知道是怎么了，在这失眠的夜晚，偶尔就会想起那条内裤。她被不知是愤怒、羞耻、遗憾还是惭愧的情绪包围了，第三次改变姿势。不知不觉，她又想到了那件事。她最常念叨的"那时候我怎么会那样呢？"今天又反复了多次。无论科学怎样发展，有些事实还是无法改变，这让她感到悲伤。除非她乘坐时光机回到从前，迅速换上别的内裤，否则那条内裤只能永远是那条内裤。她讨厌在别人面前以这种方式总结自己。即使是同样的话，她也希望自己是"耳垂"漂亮的女人，而不是被归类为"耳豆垂儿"好看的女人。所以她总想着"要在三十岁之前杀死所有证人"，为此痛苦不堪。她知道自己这样一直想下去，又要到凌晨才能入睡。她再次变换姿势，努力进入无欲无念的状态。不知什么时候，她闭上眼睛，再次把手伸进桶里，抽出一张纸条。第二张纸条上写的是"铁制释迦如来坐像"。曾经一度以聪慧著称的她，有一次耐不住周围的催促而参加知识竞赛。如果答对全部问题，可以得到很多钱。她当时轻松通过预赛，进入决赛，到了回答最后一道题的环节。节目是现场直播，亲友团的手心里捏着一把汗。最后的问题是，"高丽时期铸造的铁制佛像，从京畿道广州郡下司仓村转移到高丽时代的寺院。坐高 2.8 米，充分展示了完整无缺的男性美,这尊佛像是什么佛像?"全国观众都看出她不知道答案,电视屏幕上短暂掠过亲友团担忧的表情,主持人开始了有力的倒计时,"三、二、一,好!正确答案是铁制释迦如来坐像。"当时她的脑子里掠过一个念头,那就是自己到死也不会忘记"铁制释迦如来坐像"这几个字。世界上哪有人会背诵铁制释迦如来坐像这种话呢!从那之后,每次像这样夜不成寐的时候,她就惩罚自己自言自语"铁制释迦如来坐像,铁制释迦如来坐像"。

不知道辗转了多久,她突然感觉神情变得恍惚。这是令人愉快的征兆。光线、声音和思绪渐渐远去,她连"不能再想了"这样的想法也不再有,只是静静地一动不动。数字、内裤、耳垂、铁制释迦如来坐像,统统飞到远处去了,像是宇宙飞船里丢出的垃圾。她全身的力量都已散去,终于进入了梦乡。就在岌岌可危即将进入深度睡眠的瞬间,不知哪里传来"砰!"的一声。她吓了一跳,睁大了眼睛。充血的眼睛红通通的,竟然生出了深深的双眼皮。她打量房间。音量调到零的OCN[①]正在播放汽车追击场面。她这才注意到爸爸在房间里。她很生气,可是看到爸爸像胎儿一样紧握遥控器、蜷缩睡觉的样子,却

[①] 韩国有线电视频道。

又什么也不能说。他们不是那种什么都可以说的亲密关系。

几天前,她的爸爸背着不搭调的红色依斯柏背包,出现在她面前。依斯柏背包的带子有点儿紧,紧贴在爸爸背上,显得有些傻里傻气。她隔着上了挂锁的门,直直地盯着爸爸。爸爸在她面前欲言又止。"怎么了?"她问。爸爸露出放心的表情,递过黑色的橘子袋,"你喜欢这个吧?"

爸爸开始称赞房间里的家具和地板,她什么都没问。她不想知道,知道了还会背上包袱。爸爸对她半地下出租屋的马马虎虎的生活大加称赞,用意令人怀疑。爸爸穿得很简陋,有些焦躁。她不想先行道破爸爸的不安。爸爸先开口了:"这个房间多少钱?""怎么了?""没什么,你一个人……了不起……"说完,两个人默默无语。片刻之后,她的爸爸说话了:"我在这里住几天。"她在心里不断地呼喊:"说不可以,说不可以,快点儿,说不可以。"不料做出的回答却是:"好的。"从那以后,爸爸在她的房间里一动也没动。仿佛爸爸本来就在那儿,表现得非常自然。起先爸爸还说:"我就在厨房里睡吧。"当她在房间里铺上一床大褥子和一床小褥子的时候,爸爸先在小褥子上侧身而卧,然后悄悄地钻进了大褥子。那天以后,每天凌晨爸爸开电视机都会发出砰砰的声音,同时闪烁着爆竹似的光芒。好不容易睡着的她被吵醒,更加难以入睡。

第一天，爸爸打开电视的时候，她以为爸爸这样做是因为心乱。第二天过去了，第三天过去了，她明白爸爸是迷上了电视。爸爸是离开电视就不能活的人。从她清早出门上班到深夜回来，爸爸就埋在她铺好的被窝里。除了去卫生间和煮方便面，爸爸从早到晚就只看电视。她从公司回来，爸爸把她的枕头都摞起来，坐在被窝里看电视。她每天晚上十点回家，看到从地板上冒出半截的爸爸的上半身。她想象爸爸的下半身或许深深扎根在下面的混凝土里。"爸爸会不会压根儿就没有下半身？难道是因为太久没见到爸爸而忘掉了这个事实？"

爸爸不看电视的时候，电视也开着。她回家换上休闲服，洗漱，坐在文件柜前进行基础化妆。她在小圆镜前注视自己的眼睛、鼻子和嘴巴，再往后便看到了爸爸的眼睛、鼻子和嘴巴，显得有点儿小。穿着颈部松垮的棉毛衫，茫然地注视国家地理频道播出的非洲长颈鹿的爸爸；明明不懂围棋，却盯着满屏的白子和黑子移动的爸爸；看《南北之窗》的爸爸；看《夫妻诊所：爱情与战争》的爸爸；看电视秀名牌正品、看《激战歌王》、看九级公务员备考讲座、看网络游戏挑战联赛的爸爸；看开放式信徒礼拜、看《过敏症有希望》、看米兰时装秀、看巅峰味道、看生活电视法庭、看新闻、看广告、看电视购物，电视播什么就看什么的爸爸；看过还要再看的爸爸；看过也不记得的爸爸；仿佛是为了看电视而来她家的爸爸；几天不说话也不觉得奇怪的爸爸；注视每秒钟涌出 300 万个点的屏幕，连女儿失眠都看不出来的爸爸。

她降低镜子角度，让爸爸映在镜子里的面孔消失。她在脸上涂完乳液，往干裂的脚后跟上抹露得清霜。露得清霜要从软管底部使劲按，挤出里面的霜。她关了灯，钻进小褥子里，背对着爸爸躺下。爸爸把音量从 5 降到 1。她蜷缩身体，努力入睡。她心想，"明天别忘了买露得清霜。"方便面让爸爸吃光了，她犹豫着要不要再买些。背后像怪物闪烁的电视光芒牵动着她的神经。娱乐节目正在报道郑宇成今天去了哪家餐厅，李孝利喜欢什么风格的男人。她把身体蜷得更紧，试图保护自己不受电磁波的伤害。爸爸来后，她的睡眠时间骤减。室长更讨厌她了，出错似乎也更多了。她拼命让自己入睡。电视光依然牵扯着她的神经。尽管这样，她还是不想说"把电视关了"。她辗转多次，周围渐渐安静下来。猛然回头看，爸爸睡着了。她小心翼翼地走向爸爸，从爸爸手中抽出遥控器，关掉电视。这时爸爸会猛地坐起来，在黑暗中摸索遥控器，打开电源后继续睡觉。那样子就像怀里紧抱食物睡觉的敏锐的野兽。仿佛只要她关掉电视，爸爸就会恶狠狠地咆哮。明明不看，却要把电视打开。她无法理解爸爸这份无言的抗议和固执。他是打算把自己的子女折磨死吗？几年不见，突然来到女儿家，非要在女儿失眠的多种原因之上再加一条？深更半夜，拿着她的手机躲到厨房里偷偷打电话。这样看来，说不定他还有别的地方要去呢。她叹息着看了看表。凌晨三点。

整整一周，她几乎没有睡觉。好不容易睡着了，又会被凌晨"砰！"的响声惊醒，好不容易再次入睡，闹铃却响了。她变得极度敏感。眼睛酸疼，没有胃口，皮肤粗糙。她不知道导致她失眠的是爸爸看的电视还是看电视的爸爸。一个竭尽全力想要睡觉的人和一个拼命死守电视的人共处一室，这本身就是个错误。以前有人说电视会毁掉孩子，她却认为电视会毁掉成人。她不知道爸爸这些年在哪里，做了些什么，不过他是毁掉全家的罪魁祸首，更是导致妈妈病倒的人，所以不管他在哪里做了什么，肯定都是错的。"爸爸是不是从来没有做对什么事？""这样下去，如果他一直住在这里怎么办？"不过当务之急是睡眠。必须睡觉。不管发生什么事，都必须睡觉。"怎么睡呢？"她把自己失眠的众多理由全部忘记了。她觉得只要没有电视，她就能睡得很甜很沉。那天，她回到家，趁爸爸去卫生间的空隙，拿剪刀咔嚓剪断了电视线。正如从前爸爸和家人断绝关系的时候，轻而易举就断了。

爸爸刚从卫生间回来,她就对自己剪断电线的举动后悔不已。暂且不说爸爸摸遥控器的困惑神情,首先她要和爸爸"说话"。这种尴尬,沉默,莫名其妙的表情,她感觉爸爸的表情就像凌晨播放的游戏节目。长得像虫子的小机器不停地爬行,运送原石,许多事在不断地进行,而不明所以的解释和痴狂听起来像外星语,那是陌生的感觉。望着游戏玩家认真的表情,感觉那个人和自己绝对不是生活在同一时间的人。这样的凌晨奇怪而又生硬。尽管这样,爸爸还是不肯换频道,继续注视那个画面。大约一个小时,她和爸爸之间窒息般的尴尬让她难受得不知所措。她在心里呼喊,"爸爸,您倒是说句话啊。这种时候电视里的爸爸都会说点儿什么。"她比平时更早躺下。她关掉电源的时候,爸爸在摸遥控器。寂静突如其来,她要忍受更多的杂念。爸爸的呼吸声、咽口水的声音、沙啦沙啦声,听起来格外清晰。仿佛所有的声音都动员起来证明自身的存在,爸爸就这样躺在她的身旁。她觉得自己做错了,又不想主动解释。他们没有争吵。她觉得这样不声不响剪断电线有点儿卑鄙。她不喜欢这样的说话方式。她想起几年前遇到的某时尚杂志主编。那家杂志以大学生为目标读者群,有人介绍她为杂志写随笔。她在文学方面没什么造诣,最重要的是她需要钱。她负责的是那种谁都可以写的文章。参加面试的时候,那位主编以温和而干练的姿态接待了她。她交出素养课上写过的几篇作文，喝了杯咖啡，然后就离开了办公室。当时主编问她"喜欢哪位作家？"她吞吞吐吐，没有回答出来。主编微笑着说自己喜欢某某。后来她没有接到杂志社的电话。然而就在某一天，当时的普通对话却有了不同的翻译。她猜测主编的意思是"我对某某是了解的，所以我淘汰你并没有什么不妥"。这样想来，她觉得自己像个傻瓜，还迷恋那个人的温和。她不理解人们为什么不直接把 A 说成 A，非要说成 C，然后期待对方听成 A。也许主编只是随便问问，并没有什么意图。后来在其他面试场合，她也曾因为左思右想对方"提问的意图是什么"而导致面试失败。翻译，仿佛是她开始不相信世界时最初的咿呀学语。今天她当场对爸爸抛出 C 牌，然后佯装不知。她翻来覆去，念着咒语"什么都不要想"。突然想到爸爸大门不出二门不迈或许是因为没有钱。她没钱的时候也不喜欢出门，不愿见朋友。她犹豫着要不要给爸爸零花钱。这样爸爸就可以用他藏在被子里的下半身去散步，逛市场，成为更有活力的人。那么他看电视的时间就会减少，她也可以睡个好觉。但是，她又不想给爸爸什么。她不记得自己从爸爸那里得到过什么。再说，如果爸爸拿到零花钱，说不定以为自己喜欢他，还会和她套近乎。对于什么都未曾给过自己的爸爸来说，如果给他些什么，会不会也算是精彩的报复？她深信电视导致家人关系隔绝这句话。现在，她觉得如果大韩民国真的没有了电视，家人之间的关系可能会更惨不忍睹。今天夜里明明期待可以睡个又甜又深的好觉，却为什么要想这些呢？她心烦意乱。她决定再做一次入睡的努力，突然想到回来时忘了买露得清霜。

第二天，她想象着爸爸的反应。也许他会羞涩得像个傻子，表现出尴尬的亲切。不过自己还是要装糊涂，然后一副无所谓的样子，默默洗漱，擦好乳液，钻进被窝。也许考虑到自尊，什么都不说，但是心里肯定很高兴。最窘迫的时候得到钱了，这是最让人欣喜的。或者，至少在凌晨打开电视前会再想想。爸爸不再是从前的爸爸，而是衰老的爸爸，人老了，心就会变得脆弱。心变得脆弱，就容易感动，应该会产生回报的心理。她并不期待回报。她只是想要抹平严重损伤自己威信的举动。想着放在电视机上的10万元钱，她小心翼翼地沿着通往半地下的台阶走下去。当，当，当，她讨厌下楼时鞋跟的响声格外地大。爸爸来了之后更是如此。她打开门，回到家里。腐臭的下水道气味和一如既往的湿度、温度，都没有变化。唯一变化的是，她想象中爸爸的下半身在她出门时连根拔起了。

那天夜里，她终于能在完全属于自己的房间里入睡了。她先脱掉运动服，换上内裤和宽松T恤。她猜想以前睡得不好是不是因为运动服太憋闷。她像平时一样洗漱，做基础化妆，在脚后跟上涂露得清霜，然后躺在小褥子上面。她想过叠起大褥子，可是不知为什么她又不想碰那个褥子。她关了灯，躺在小褥子上面，在没有光也没有噪音的状态下，真的睡了个久违的好觉。双脚整齐聚拢，双臂放在胸前，躺得端端正正。她本来打算从1数到100，却停在了87那里，翻身朝侧面躺过去。她想起回家路上没有把租金交给房东阿姨。过一会儿，她又闭上眼睛抽纸条，那里写的是"毛"。她叹了口气，这么琐碎、微不足道、已经遗忘的过去，为什么会像黏在零食上的蚂蚁群那样对她穷追不舍。那是刚入学的时候，她穿着整洁的奶油色裙装。当时她是二十世纪哲学科目发表组的组长，站在很多人面前做主题演讲。她像电视里的播音员，双腿整齐地朝右聚拢，发表关于伯格森的主题演讲。她对自己的表现非常满意。不料就在翻页的时候，她发现小腿正中间嵌了一缕阴毛。也许是穿连裤袜时从内裤里掉下来，粘在那里了。阴毛具有充分区别于其他毛发的光泽和弯度。干干净净的小腿上，那缕毛格外显眼。她有些发慌。继续演讲吧，担心有人会注意到那缕毛，可是总不能把手伸进长筒袜里拿出来。如果用手推来推去，努力把毛藏到小腿后面，还可能更加明显。她直冒冷汗，感觉前排的几名男生看到了自己的阴毛。今天夜里，这段记忆又带给了她痛苦。她告诉自己什么都不要想。如果继续抽纸条的话,十年前犯过的错误都会想起来,她早就知道。她换了姿势,趴在床上,头朝一侧。想到小腿,她突然回忆起前男友说自己的腿只有脚腕最细,所以嘲笑她是"鸡腿"。她短暂地一笑,像是对那时有点儿怀念,然而又不想回去的样子。想到鸡腿,她突然想起了鸡肉。鸡的所有部位当中,她最喜欢吃鸡颈部的肉。朋友们都不吃,说恶心,只有她知道那个部位有多么软嫩,多么美味。小时候,爸爸不知从哪里弄来装有十几个鸡脖子的盒子,放在她面前,然后带着浑身酒味倒头大睡……不知从什么时候开始,她不再啃鸡脖子,连鸡肉本身也不喜欢了。想到爸爸,她眉头紧蹙,试图去想别的。也是从这一刻起,平时越不愿想起越是清晰浮现的杂念就挥之不去。她好像被爸爸这个杂念揪住了后脑勺,突然不知所措。不知道他去了哪里,也不知道他为什么要离开。难道只是因为像以前说的那样,"只住几天",到了该离开的时间?仿佛被什么追赶,难道有人来这里找他了?还是因为电视而感到失落?住了这么长时间,就这样无声无息地离开了?她摇着头,努力思考铁制释迦如来坐像,思考世界上最长的桥,或者热气腾腾的温泉。想到主编,她突然想起零花钱。爸爸会不会把零花钱当成了"车费"?会不会以为那是郑重要求他离开的意思,犹如剪断的有线电视?

她突然有些担心。不,与其说是担心,不如说是委屈。因为她就是这种受不了被误解的性格。她注视着熄灭的电视屏幕。比开着的时候更显愚蠢，憋闷得就像关闭的窗户。她长长地吐了口气，自言自语，"爸爸，那不是 C 牌，是 A，只是心灵的 A 而已。"

不知过了多久，她突然感觉到巨大的困意扑面而来。看了看表，凌晨四点。她顿时不想睡了。因为短暂的睡眠带来的痛苦远超过长时间的失眠。平时总是因为睡不着而想哭，今天真奇怪。眼皮总是合上，她被某种无法抗拒的力量牵引着进入了梦乡。

她躺着，如同被砍倒的树。额头上冒出冷汗。干涸的嘴唇透出炽热的气息。很久没睡得这么沉了，星星点点的声音和光线都影响不到她。全身汗如雨下，被子湿漉漉的。她在做梦。在堆满积雪的社区游乐场，她注视着游乐场，心里想着"这个游乐场是我知道的……"紧接着出现了一个五岁左右的女孩和年轻的爸爸。孩子很恼火，也许是因为看见有的孩子乘坐旅游大巴去了雪橇场。孩子已经央求爸爸几个小时了。梦里没有看到这样的场面，但是她都知道。孩子仍然气呼呼地跟着爸爸走进游乐场。雪没过脚腕，游乐场里只有孩子和爸爸两个人。爸爸肩上扛着大勺子似的塑料铲。爸爸抱起孩子，让她坐在铲子的头部。爸爸握住铲子的把手，一圈圈地转了起来。孩子啊啊啊地叫喊，开心得大呼小叫。爸爸兴高采烈地抓起铲子，加速跑了起来。爸爸和孩子都涨红了脸。爸爸的下半身看上去生猛而结实。不知什么时候，她坐到了铲子上面。爸爸转得太快，他的脸渐渐变得暗淡。她对这个速度感到恐惧。她想让爸爸停下，然而爸爸的脸和风景混合，逐渐消失。

　　奇怪，梦里是寒冷的冬天，一直是爸爸在动，而汗流浃背的人却是她。爸爸为了让她开心，用力地奔跑。爸爸跑得越卖力，她流汗就越多。明明是如此幸福的梦，她却露出痛苦的表情。等到汗水变凉，她会被那种冷意惊醒。这个梦又是那么模糊，她醒来就会忘记。即使记得，也会以为那是在某个电视剧里见过的场面。然后她又试图从1数到100，思考自己失眠的众多原因中究竟哪个才是真正的原因。在此之后，她或许会哭得很伤心，或许会再次调整姿势，自言自语"根本不存在什么真正的理由"。

永远的叙述人

我经常思考自己是怎样一个人。当我为了知道自己是怎样的人而呼唤自己名字的时候，我会做出回答。我为这是自己的名字而感到奇怪，所以总是呼唤你的名字。

我也经常思考你是怎样的人。那个人是不是愤世嫉俗？那个人是不是虚荣心很强？虽然愤世嫉俗，虽然虚荣心强，那个人毕竟喜欢我？我是个不"了解"就无法去爱的人，偶尔也会因为莫名其妙的抚慰而屏住呼吸。

我是听人说话的人，我是我的收藏夹，我对皱着眉头看自己的我最为放肆，于是我在酒吧里憋着尿，上身前倾，听别人说我是什么样的人。我自认为有点儿特别，想到我前面或旁边的人也会觉得自己特别，我就心生不悦。

也许我可以这样评价自己，"我是每天只能做一件事的人"。假如今天最重要的事情是清洗运动鞋，那么我在那天真的只洗运动鞋。我很懒，然而无论坐卧，我都会想"今天我要洗运动鞋……"从这点来说，我又很勤劳。我讨厌炫耀知识。如果有人走进我的房间说"好多书啊"，我还是很开心。我喜欢开玩笑，不过遇到机智的人，我会心生敌意。偶尔我会因为一万元钱而郁郁寡欢，面对自动取款机，常常对后面的人充满警惕。

嘲笑陌生人之后，我会感到安心。我吝啬自己的偏见。我放不下在得到偏见之前受过的伤，走过的路。我在阿廖沙说的"那是受难者的疑问"下面画线。我什么也不是。我因为害怕自己什么也不是而双膝发抖。

我询问自己的恐惧和蔑视。我瞪大眼睛，斜着眼睛，闭上眼睛。我说没关系。我说对不起。我说谢谢。我还可以说血型和星座，说起我们无数次沾着唾沫翻看的解读。我是剩下来的人。

我收集各种各样的东西，你总是说不够。我从头再说一遍。这就像不感兴趣的异性表白，总是显得有些枯燥。

我经常问自己是什么样的人。当我为了回答自己是什么样的人而呼唤我的名字时，我会转过头。我为这是自己的名字感到奇怪，所以常常等待你的回答。

我也经常问你是什么样的人。那个人是否幽默？那个人是否俗气？那个人幽默、俗气，究竟喜不喜欢我？我在"询问"之前无法去爱，当你偶尔呼唤我名字的时候，我会心神荡漾。

我是我的初恋。我是我未读的必读书目。我从来不是自己的罪人，却成为自己的惩罚。为了解释自己是什么样的人，我坐在电脑搜索窗前面憋着尿，吸着烟。我想在你面前表现自己，讨好你。但是我知道，我最想讨好的人恰恰是我自己。

也许我可以用"深思熟虑"来形容自己。我是温暖的人，但是相比于你，我更善于倾听你的绝望，更爱这个礼貌的我。从这点来说，我是无礼的人。我讨厌傲慢的人，却对谦虚的人心怀疑虑。面对所有人都喜欢的画，我想的是自己以前"并不太"喜欢这些东西。我觉得自己身上有"你们不了解的一面"，而对别人，我却常常认为"别人不知道，但是我都懂"。我即使不同意，也会点头。我是不安的唠叨者。我是我的故事，我是你认为的人，我是我的脚注。

有时，我认为责备自己就像是了解自己。一个自负，一个自满。我似乎是你的"真实"，我会这样说，这让我感到欣慰。可是回头看看——那常常要比自以为是更糟糕。

那天也是这样吗？那天我也像慎重挑选衣服的女人，在你面前选择语言吗？如果我真的是一天只能做一件事的人，那天恐怕我也是整天都在思考那件事。哪怕只是去手机店修手机，或者清除牙刷筒里的水渍，也会成为当天里最重要的事情。

*

地铁拖着慵懒午后的小腹，奔向带有"川"字的城市名称里。地铁里的人们和很久以前，更久以前站在那里的人一模一样。起先很陌生，然而大家都说着同样的谎言，感觉谁也不会上当。

地铁即将出发的时刻,我下了楼梯。被"传道者"拉住的时候,我应该默默不语地径直走过,还是笑着拒绝?我认为地球上存在外星人,还是不存在?我喜欢加豆子的饭,还是不加豆子的饭?我已经拥有了这些答案的目录,即将出发的火车只是我要送走的对象。将要关闭的门有着巨大的诱惑,偶尔我会不由自主,奋不顾身,或者稀里糊涂地冲进去。

地铁里冷冷清清。我坐在破碎的阳光之外,环顾四周。顽强地聚集在裙子下面的膝盖,从困倦之下凸出的拉链。刚买的时候应该非常喜欢的耐克鞋,故意往长着纤细汗毛的耳垂下轻轻吐气的恋人,总是忍不住看隔板上面褶皱的纸袋子的眼神,以及每隔几辆车就会出现的军校学员。如果说有什么不同,那就是我比以前更狭隘。我不理解你为什么把裤子拉到胸口,双腿为什么要叉开那么远,为什么那样嚼口香糖,为什么因为那样的笑话而笑,为什么要读那样的书。这样想来,或许我们杀人也是出于这些微不足道的理由。

还有个变化就是我不再东张西望了。如今我学会了不动声色地偷窥。举个例子,也许你坐在我面前,听见有人说"那个人很好,可是没能力",或者有人嘀嘀咕咕"她这个样子,听说家庭条件还不错?"

或者"那个人一点儿也不好通融""听说那个人考进来的时候是第一名"。你也会为某人的客气话而开心，为真话而气愤。你也会因为有人说"可是你毕竟比我好"而难过，因为"那个人真的不错"而竖起耳朵。你或重或轻，你把无味的食物坚持吃完，你可能因为谣言而离开某个地方。你可能会在看电视新闻时冷嘲热讽，你可能喜欢公交车或卫生间最后面的位置，你可能打妻子，可能不受欢迎，可能是我曾经见过的人。一会儿短暂停车，我和你目光相遇的时候，我像说谎时摸鼻子的古代人似的不停地摸索手机。

某种偶然也会像十一点十一分，或者四点四十四分那样到来。那天那个时刻，你坐在那个隔间里的偶然；纯粹是当时看表的人的幸运，或者孤独。十一点十一分是每天都要经过的时间，所以我们的相遇并不是相遇。

我感觉到有人斜着眼睛看我。自从长大以后，我就知道不能这样盯着别人看，尤其是在地铁里。所以她那样看我，让我感觉很不舒服。不一会儿，她来到我面前。

"这不是某某吗？"

那时候我真的就是某某,所以听到自己的名字,我大吃一惊。

"你是某某吧?都认不出来了啊。"

她满面笑容坐在我旁边。淡粉色连衣裙,喷了花样年华香水,她看上去很华丽,又带着幼儿园老师那样让人感觉不自在的善良。"这个人是谁来着……?"我皱起眉头。她朝我这边贴近过来,翻看着手提包。

"多久没见了,死丫头也不和我联系。"

她噘着嘴巴,皱着鼻子,露出可爱的表情。一看就知道自己什么时候做出什么样的表情最好。她身上散发出喜欢主动说话的同学共有的特征,那就是自信。她不停地翻着手提包,拿出一张名片递给我。李智慧。我不记得了。姓名旁边写着小字,网页设计师。我担心她看出来我不记得她。上学时我记住的要么是学习很好的同学,要么是非常调皮的——二者必居其一。尽管被我记住并不算什么骄傲的事,然而我还是觉得如果我能先叫出她的名字,她会很开心。那个瞬间,我变成了为别人考虑,为了考虑别人而先把对方放低来看的人。我慢吞吞地把名片塞进口袋。

"是啊,最近几乎没和同学联系……"

我的视线落在闪闪发光的古铜色小腿上,说道。她注视着我,眼神似乎在等待我继续。我故作纯真地说我没有名片。她活泼地说没关系，然后开始转达同学们的消息。

"你知道智恩吧？听说她去年和中国男人结婚了。那个男人是富豪，你也知道吧？中国的富豪是真正的富豪。"

我不记得智恩是谁了。

"智恩？"

她回答说：

"是的，智恩。"

我皱起眉头，她像责备似的温和地说：

"我们班的第一名。"

她说得很理所当然，我吞吞吐吐地回答：

"……小个子，每天迟到的那个？"

她出人意料地脸色一亮，大声说道：

"是的！那时我们把迟到同学的罚金攒起来，留到年底买炸酱面吃。"

我盯着她光滑的小腿，像摇头似的点了点头，"是吗？"她穿着喷雾式空气丝袜。

"明华，你还记得明华吗？她做了鼻部整形。"

我不记得明华是谁。

"明华？"

她回答道：

"是的，明华。"

我不得不含糊其词地说：

"是吗？那更漂亮了。"

"别提了，就算整了容，也从没见过那么不好看的人。"

她隐隐发出"你也同意吧？"这种共犯的信号，大声笑了。我尴尬地跟着一起笑。没想到她对同学们的近况了解这么详细，我有些吃惊。她又问起另一个名字。

"善美，你知道吧？"

"善美？"

"是的，善美。"

我不记得她，不记得智恩，不记得明华，也不记得善美。但是不知为什么，那一刻我觉得自己必须说谎。既然说谎，就要说得像模像样。

"嗯，最近打电话给我了，她说想起我就打了电话，还约我见面。"

她惊讶地问道：

"善美吗？"

我回答说：

"嗯，是善美。"

她问：

"最近什么时候？"

我迟疑片刻，淡淡地回答：

"几天前。"

她表情严肃地盯着我的脸，问道：

"真的？"

"不，要么就是几个月前？怎么了？"

她咽了口唾沫，回答说：

"她……死了。"

"……"

她盯着我的脸，仿佛要把我看穿。

"……"

我的心里充满了遗憾，仿佛真的有我认识的某个人死了。

"怎么回事？"

"你不知道吗？她和男朋友骑摩托车，出车祸死了，几年前的事了。我也是最近遇到志英才听说的，吓了一跳。奇怪，真的是善美吗？"

"不，好像不是，应该是我记错了。"

她多少有些放心了，不过依然僵着脸叹了口气。这很短暂。紧接着，她说起在隔壁男高读书的初恋向自己推销保险，说起高中班主任有多么变态，说起学校门前的小卖店老板的儿子长得多么白皙。她的话我根本没听进去，偶尔做出"嗯""是吗？""原来是这样啊"的反应，假装在认真倾听。她的话好像在哪儿听过，又像第一次听说。口水残渣画出圆形轮廓，白花花地粘在她的嘴唇周围。我一边附和她的话，一边通过几条线索努力回忆她是谁。不一会儿，我们迎来尴尬的沉默。午后的地铁令人莫名地变得慵懒，阳光依然快速破碎。我问她去哪里。她说再过几站下车。我和她之间又是沉默。我缓缓地张开嘴巴。

"不过……"

她看出我要说话，欣喜之余，上身朝我倾斜，似乎告诉我，有什么话尽管说。我咽了口唾沫，说道：

"袜子是在哪儿买的？"

她有点儿发慌，很快回答说：

"啊，这个？"

她马上说起自己对空气丝袜的优点和各个购物网站的营销策略的分析。我依然注意着粘在她嘴唇周围的口水残渣。我问她工作有没有意思。她说："还可以。"我问她有没有男朋友。她说："嗯，在风投公司上班。"我问她现在是不是一个人住。她说："是的。"然后，我们又无话可说了。她说名片上有地址，让我到她主页上看看。我说会的。我不喜欢访问同学的主页。明明知道会有人来看，或者已经有人来看过，却还是像不知道一样努力展示自己的生活，我不喜欢看到同学们的这个样子。滋润的照片下面是各种应酬性的留言，人们看上去都很幸福。我们每天在线上举行同学会。

戴有色眼镜的男人播放着舞曲风的《奇异恩典》，朝这边走来。这是常有的事。为了更加坚定面对，我们多少有点儿紧张。她开始咒骂高中数学老师。我心不在焉地听她说话，看到坐在我面前身穿制服的军校学员正在翻口袋。他慌张地摸索全身，试图寻找钱包，突然像是想起了什么，把007包放到了膝盖上。乞讨的男人越来越近，军校学员正在打开007包。也许是太重了，军校学员又把包放到地上，弯腰翻找钱包。我迅捷而不动声色地往军校学员的包里扫了一眼。

"完全是自卑心理。"

"嗯？什么？"

"学年主任。"

"啊？嗯。"

军校学员费力地找了好一会儿钱包，从007包里又拿出一个小包，打开拉链，终于从里面拿出了钱包。戴有色眼镜的乞讨男人不知不觉走了过来，静静地站在军校学员面前。

"不过你真的和以前一样。"

她重重地吁了口气，说道：

"嗯？我怎么了？"

我不由自主地盯着军校学员，期待好不容易找到钱包的他快点儿行善积德。军校学员打开钱包。

"你以前总是一个人，总是郁郁寡欢。"

这时，军校学员的脸上掠过一丝慌张。

"我吗？"

军校学员的钱包里都是绿色的万元大钞。

"是的，那时候因为恩美……都是过去的事了，不过现在她过得很好，总算谢天谢地。"

军校学员脸色苍白地看着钱包的另一面。乞讨男人依然站在军校学员面前，所有人都注视着军校学员的举动。

"我怎么了……？"

她仔细观察我的反应，故作无辜地说。

"对了，你还记得吗？当时我们一起吃午饭……"

我好像突然想起李智慧是谁了。不过，那个智慧，真的是这个智慧吗？她笑着继续说道：

"那时候你真的好乖。"

一直犹豫不决的军校学员重新开始，什么善行也没有做，合上钱包，放回小包，拉上小包拉链，把小包塞进007包，然后系上007包的扣子，放在膝盖上，整套动作做得十分慎重。我莫名地心生不悦，站起身来。

"要下车吗？"

我不由自主地回答：

"哦？不。"

我又坐了回去。她似乎不明白我为什么这样，说道：

"我要下车了。"

站在军校学员面前的乞讨者眉头紧皱，慢吞吞地走向另一边。她优雅地站在地铁门前，说秋季同学会的时候再见，还说我们学校的银杏树非常漂亮。地铁停下来，她正要走出地铁门，好像忘记了什么似的问我：

"对了，你要去哪里？"

没等我回答，地铁门合上了，乞讨者的颂歌声也消失在下一节车厢里。

对了，你要去哪里？我要去哪里？是的，我是要去见你。

我变得闷闷不乐。每次见到同学，我都会心情不好。尤其是见到并不愉快的那段时期的同学，仅仅因为对方见过我的样子，我就会讨厌他们。因为我知道他们在和我打招呼，说笑寒暄的时候，心里肯定想起了当时的情景。这种心情不仅出现在和我每天低着头的那段时期的同学见面之时。我也曾在一家快餐厅见过初中同学。刚过二十岁的她，背着襁褓里的婴儿，旁边还有个五岁左右的儿子。她用混合着鼻窦炎的声音问："你是不是某某？"边说边向我走来。那时我也因为自己是某某，而毫无意外地对某某这两个字感到惊讶。在她面前，我又变回了亲切的优等生，为了不让她自惭形秽而称赞她的孩子漂亮。不一会儿，和最初的欣喜大相径庭，她似乎无话可说了。我们互相问了几个和其他同学见面也会问的问题，然后又无话可说了。我努力回想和她要好的朋友的名字，询问她的近况。她面露喜色，"美英吗？美英也在那个小区。我给你她的电话号码吧？你带便条了吗？"和美英亲近的人是她，为什么要把联系方式给我？我想不通。她的积极反应让我不知所措。她一手托着总是往下滑落的婴儿，另一只手吃力地拿出笔和纸，写下电话号码。她仍然像中学时代那样对我。奇怪的是，这样纯粹的亲切令我深感歉疚，这种歉疚又让我感到空虚。即便这样，我还是没能痛痛快快地走上前去，亲切地帮她拿包。刚才的李智慧就是这样。如果我的记忆没错，她常常先向对方透露自己的小秘密，然后获取对方更大的秘密。我记不清了，当时班里的确有这样的同学存在。我和智慧关系不算好。

有一天，正在自习的时候，她来到我跟前和我说了几句话，渐渐地在一起的时间多了。后来不知为什么，我也产生了向她吐露心事的欲望，于是告诉她我对其他同学的厌恶。不料从那之后，原本和我很要好的朋友接二连三地疏远我。我不明原因，只能独自吃便当。看起来是小事，然而独自吃过便当的人都知道那是多么苦恼的事。这件事的痛苦不在于独自一人，而是所有人都在"注视"我的孤独。这让我无法忍受。很久以来我已经忘记了这件事，直到她说出"那时候我们一起吃午饭"，我才想起当时的往事。想起当时我曾经遇到过这种事，而导致这种事发生的人就是李智慧。当然，她可能完全不记得了。因为独自吃便当的人不是她。一直以来什么都不知道，对她的话信以为真，我真的像个傻子。不过我决定不再想她的事了。以后我也不会参加同学会，像今天这样再遇到她的事情也不会再有。十一点十一分过去了，我没有必要在意十一点十二分，也没有必要在意十一点十三分。

地铁继续行驶。我一直在想你。全世界最了解我的人，可是现在不在这里。此时此刻，如果我和她斜靠在地铁窗前，望着同一个地方，或许我对你双腿叉开那么大，以及你嚼口香糖的样子都会更宽容了。

关于我们怎样拥抱，怎样撕扯——关于我们怎样重新拥抱，怎样再次推开彼此——我已经记不清了。当时觉得并不重要的小事，比如你拿筷子的姿势，你当作下酒菜的黄瓜上留下的齿印，外形奇异的拇指，蔑视我喜欢的男演员时的表情，你静静翻面的五花肉的颜色等等，我能想到的只有这些。就像我们杀人的理由都是很小的事情，爱上一个人的理由差不多也是这样。此刻我靠着地铁的椅子，回想很久以前和现在一模一样的天气，一模一样的时间和你步行到地铁站时做过的游戏。

那时候我和你都还年轻，走在烈日炎炎的柏油路上，我们寻找地铁站。天气太热，我连常说的笑话也不再说了。他突然提议做游戏。就是那种"我想做什么"的游戏。我说那是什么游戏，他说只要说出想做的事就行。不，不能做的事也可以说。疲惫的我同意了。他突然兴致勃勃地说：

"说不出心愿的人就算输，好吧？"

他先说希望香烟价格不要上涨。我说希望每天的零花钱达到两万。他说希望自己买彩票中大奖，我说希望自己英语会话很厉害。他说想有自己的房子，我说想让自己的胸部变大。他说希望爸爸振作起来，我说想要笔记本电脑。他说希望妈妈交到男朋友，我说想在阳光下晒被子。他说希望别人仰望我们，我说希望有人问我好不好。他说想要一台相机，我说想要成为一个幽默的人。他说想在美容院里一两个小时只是洗头发，我说希望自己成为具有高附加价值的人。他说希望自己会一样乐器，我说自己想拥有一口整齐的牙齿。他说希望自己会跳舞，我说想靠收房租度日。他说希望自己爱运动，我说想让自己变成聪明的人。他说想有一辆车，我说希望自己不要欺诈。

过了一会儿，他说我想成为你。过了一会儿，我说我也想成为你。过了一会儿，他说我想和你睡觉。过了一会儿，我说我也想和你睡觉。地铁在我们头顶划着长线驶过，像是某种凶兆。我们紧紧拥抱，站了许久许久。

有一天，你说你想和我分手。

你离开之后，我很伤心，半夜走路，就算遇到外星人也不会感到惊讶。我总是忘了自己是谁。我常常变成高三时的班长，或者大学时的打工仔、住在外间的少女，或者乖巧的老幺、移动通信公司的顾客，或者挡住后排视线的前排观众、毕恭毕敬的后辈，或者磨磨蹭蹭的试用期员工、经常错过时限的纳税者，或者相识的女人、啤酒屋的回头客，或者慎重的消费者，或者什么也不是。可是我连自己该做什么都不知道，却在没有和你联系的情况下，踏上了去找你的路。

地铁广播，本站是本次列车终点站，请各位旅客在下车前带好自己的随身物品。我本来打算在终点站下车，可是听到这样的广播，还是有种被拒绝的感觉。明明什么都没带，却又常常觉得忘记了什么东西。我注视着渐渐消失在隧道里的地铁，看了看手表。突然，我又想起李智慧说过的话。秋天同学会的时候再见。还说我们学校的银杏树很漂亮。我猛然想起我毕业的学校压根儿就没有银杏树。我倏地转过头，口干舌燥地望着地铁刚刚驶过的隧道口，看了许久。

那天我终究没有去找你，沿着长长的路线返回，我想着"我想做什么"的游戏，心慌意乱地坐着。

*

于是，再来一次，于是，一如从前——

我经常想象自己是怎样一个人。我像你一样远离自己。即使我就是我，也只能想象。我想象的人是自己，这让我感觉奇怪，因此我常常借助你的想象。

我也经常想象你是怎样的人。那个人是不是很自卑，那个人是不是能说会道，那个人很自卑，而且能说会道，究竟喜不喜欢我？我在"信任"一个人之前无法爱上对方，不过偶尔，我也会毫不相干地呼唤你的名字。

我是长长的地址，我是只会跟着题目唱的流行歌曲，我是像照片一样时常被剪切的人。比起我自己想说什么，我会投入更多的精力在你怎样理解的问题上。我希望自己显得有教养，却又不喜欢自己看起来像轻易为什么事感叹的人。我讨厌对自己坦诚的人，我是个俗气的人。你的俗气令我感到不悦。

我收集各种各样的东西，你总是说不够。我从头再说一遍。这就像不感兴趣的异性表白，总是显得有些枯燥。

我不想只在等待中度日，我不想总是辩解。我想对我看不起的人说谢谢。我想在打工忙得团团转的时间里学习乐器，我会把你的痛苦公之于众，我说不定会杀死某个人。我想要电动牙刷和气垫文胸，我从很早以前就用一只手捂住嘴巴笑。现在我仍然没有电动牙刷，我仍然在等待，听到房东来收房租的脚步声，我还是会假装家里没人。渐渐地我假装自己不在这里，为了假装不在这里，你叫我，我也不能回答，其实那时我已经猜到了你的身份……在这么多的话语中，我知道你最终还是找不到我。

我想要被理解，然而当我看到你的素颜时却会后退。我爱你，可是我知道这份爱是以"我"开始的这个人在爱。"那也毕竟是我。"说完这句之后，我就半途而废了。再次说完"我"，我半途而废。我又不能停下来。所以我从头再说一遍，我是经常思考"我是怎样的人"的人。于是我们学会了用流水洗刀，而不被划伤手的方法。

爱的问候

我知道很久以前消失的语言，就像很久以前沉入大西洋的亚特兰蒂斯，就像在摇曳的海草间叫不出名字的某个城市的名牌。如今你的话语已经成为异乡人的传言。

戈梅拉岛部落拥有口哨组成的语言。他们制造出高度和长度各不相同的多种口哨声。他们之所以拥有口哨语言，是因为有巨大的峡谷隔在人们之间。地铁里——坐在每天冒着生命危险渡过汉江的人们中间，感受着颠颠簸簸的世界的节拍，我不知不觉闭上眼睛，想象起了高原地带人们的口哨声。从我未曾吹过口哨的嘴唇出发，沿着山谷向下，在山里转一圈，回到原来的位置，环绕地球之后——刚刚到达我耳畔的长长——长长的——口哨声，从开始就注定要来到我耳边的语言。

我对时隐时现，或者时现时隐的怪物也有所了解。像贫困的谎言一样拥有庞大身躯，想要隐藏却还是会被发现，却又公平地拥有被发现之后可以逃跑的鳍，这就是尼斯湖的水怪——尼西。

我第一次见到它，是在九岁那年爸爸买给我的《世界之不可思议》里。当时我第一次见到了老式相机拍下的尼西。那是1933年，外科医生威尔逊先生在尼斯湖附近拍下的照片。尼西半浮在水面，呈沉思状。长长地探出自己世界之外的脖子和小得有些滑稽的脑袋，光滑湿润的腰背，下巴上冒出的几缕胡须（编辑在这部分画了圆圈，做了放大处理），还有沉入水中无从了解的其他部分，我对尼西的第一印象，怎么说呢……看上去有点儿孤独。我不知道这种心情该怎样形容，可我知道这是怎样的心情。

见过尼西之后，我的心情有些忐忑。不是因为尼西庞大，也不是因为它可怕，而是因为它呈现出的是很久以前消失的生物的形象。尼西和恐龙酷似。因为消失，仅仅因为消失而对人类极具魅惑的存在，恐龙。《世界之不可思议》中解释说，尼西和大约一亿年前灭绝的蛇颈龙相似。蛇颈龙，一个令人心生寒意的名字。

有人说，很可能是把云或雾错看成了尼西。有人说是吸引游客的策略。我还是相信尼西的真实存在。如果不是真的存在，不可能长出胡子……尼西就在离我不远的地方呼吸。我抖着腿看电视的时候，叠起有很多错题的试卷扇纸片的时候，同一时间的它——在英国某个湖底慢慢地眨着眼皮。

那之后的很长时间里，尼西每当快要被遗忘时就会出现，被人记起时又消失。公司职员、外科医生、航空技师、美国航空航天局（NASA）和英国空军都站出来证明尼西的存在。从第一次被拍到之后的几十年里，尼西时隐时现，不断地诱惑着我们。关于尼西的故事也是如此。每隔几年，尼西就会在电视专题节目或报纸、科学读物上露面。当人们觉得尼西无所谓，快要忘记的时候，就像突然想起晾在外面的衣服一样再次想起。从一九三〇年代初次亮相到二十一世纪，尼西的故事在不断地反复。神奇的是——竟然从来没有被人厌烦。

几年后，尼西出现在长白山天池。我坐在面馆里听到这个消息。这次不是在倒闭出版社的科学画册系列或者流言蜚语中，而是通过九点钟新闻编辑部。播音员用兴奋的语气说："据新华社等中国媒体报道，11日上午九时左右，天池怪物现身长达五十多分钟，目击者有十人之多。"我放下勺子，呆呆地看着电视。距离我第一次见到尼西已经整整十年了。有人说"他们的话不可信"，我静静地听着新闻，心想"尼西也不会相信你的话"。"韩国"的尼西这两个字——正如美国航空航天局（NASA）的名称之于过去的尼西——给人某种生硬的感觉。低画质的屏幕上，尼西的样子简单而模糊。照片近似于被捕捉到的水影。通过照片，我猜测尼西具有出色的跳水技能。画面上迅速掠过目击者们兴奋的证言，推测为尼西出水地的天池某点、尼西的轮廓。距离相机很远的长白山天池却像隐藏逃兵的妈妈，沉着而宁静。

我忽然心生好奇，"生活在地下洞穴里的尼西，为什么突然出现在长白山呢？不是湖里，而是休眠火山的山顶……？"我盯着大约两米的水花看了很久，据说这是尼西留下的痕迹。我的心里生出少许的确信。我像被人表白似的，突然害羞起来。我的意思是说，它是……来找我的。它知道自己的形象会通过电视在全国播放，所以来向我打招呼。没有别的目的。只是一次问候，爱的问候。"我在这里，我曾经在这里。这是属于我们的秘密，我又要消失了……"仔细一看，水花呈现出尼西拍打双鳍的模样。我没有鳍，于是静静地摆了摆手。

几天后，又出现一条新闻。天池怪兽研究协会说那不是长白山水怪，只是"熊跳下岩石来游泳而已"。我很不开心。不是水怪，而是熊？怎么可能是熊？那只蠢熊为什么偏偏到天池里游泳？世界上有些事情，如果知道原因就会变得无趣，还不如永远不知道的好。

凡是消失的必有原因。消失之后再出现的，也一定是有话要说。

我还知道一个失踪的人。那就是让我把《世界之不可思议》夹在腰间，"你先在这里坐会儿"的人。在"坐会儿"的时候，像尼西一样的长胡须瑟瑟发抖的人。坐在公园长椅上读完《消失的传说之岛——亚特兰蒂斯》之后环顾四周，那个人不见了。我又读完了《摩艾石像——复活节岛的秘密》和《UFO——外星人真的存在吗》，抬头去看的时候，那个人还是不在。我只好继续读《巴比伦宫殿》《米诺斯宫》《西伯利亚大爆炸》《亚历山大灯塔》《金字塔的秘密》《巨石阵》和《比萨斜塔》，直到全部读完，那个人还是没有出现。

起先我坚定地等待爸爸。每当听到寻找迷路儿童的广播，我都会双臂交叉地坐着，心想"真是笨蛋！"我相信爸爸。可是他一直不回来，我也开始着急了。公园渐渐暗了下来。空中急切地落下烟花的碎片，仿佛求救的信号弹。那个瞬间，我明白了重要的事实。"我被抛弃了。"这是个简单而模糊的句子。这是从很远的地方，从几百年前出发，刚刚到达我鼓膜的口哨声，"爸爸失踪了。"爸爸真的失踪了，确切无疑。否则他不会以这种方式，把我丢在这样的地方。《世界之不可思议》掉落到椅子下面。百慕大三角在脚下铺展开来，一览无遗。我觉得应该把真相告诉某个人，可是迈不开脚步。

走失儿童保护所里挤满了抽泣和哭哭啼啼的孩子。我艰难地穿过哭泣的孩子们，走到坐在麦克风前的女职员面前。为了得到她的信任，我用尽可能成熟的声音说："爸爸失踪了。"她盯着我看了一会儿。我干咳了一声，更加郑重地说道："爸爸可能是迷路了。"她看着我，表情比刚才更惊讶。我委婉地说："爸爸失踪了。"她还是用异样的目光看着我，我的声音带着哭腔："请帮我找一下……"

消失于五千万年前的腔棘鱼在二十世纪都被发现，十几年前失踪的爸爸却迟迟没有出现。没有一只熊来到我面前，假扮成我的爸爸。说谎的不是别人，而是显而易见的事实。那些以为自己才是真正事实的事实。

还有那本丢失的书,《世界之不可思议》——那里都是些什么内容呢？我记不清楚了。概括起来就是这些，什么废墟也好，什么失踪也好，什么痕迹也好，统统是"全然不知"。无法理解为什么会这样，也就是神秘事件。

我长大成人，爸爸成了失踪的神秘事件。这期间我碰到了很多事情，可是我也不喜欢说起这些事。离开了我的她，也会常常因为我不说自己的事而感到失落……不过无所谓。儿时的记忆，统统扔到百慕大三角去吧。

*

很长时间以来，我既没有想做的事，也没有想要成为的人。我并不觉得自己什么都不是。我遇到的很多人却以波澜不惊的表情出现，对我说："你什么都不是，你必须知道这个。"我没有失踪，我常常在那里，所以我不会遭到怀疑。当然，我知道自己的履历没有什么了不起。我并不觉得说我什么都不是的那些人有什么了不起。不起眼的人听到别人说自己不起眼，要比了不起的人听到同样的声音更难过。自从我独自谋生开始，我就对自己的履历感到厌倦。我最思念的不是爸爸，而是世界的某种淡漠，非常特别种类的淡漠。我读海洋大学，也是想尽可能减少别人对我的社会偏见。我的梦想不是成为优秀的人，而是成为普通人。只是人们不知道，为了成为普通人，我要比别人多付出两倍的努力。

和别的事情一样，我成为水族馆管理员的原因也很微不足道。滚落在脚下的传单，看错的标记牌，她的一次问候——都是因为小小的偶然和自己制造出来的意义。

所有的人都睡着了，我独自去桑拿房。尤其是凌晨三四点钟，师傅们打扫完澡堂卫生，往浴池里换新水。那时更衣室的灯大部分都已熄灭，搓澡的人也寥寥无几。我喜欢凌晨三点澡堂里静悄悄的气氛。尤其是酒吧服务生这种辛苦的工作结束之后，没有比桑拿房更适合缓解疲劳的地方了。

那天也是这样，我完成搬家工作后去了桑拿房。更衣室里只亮着一两盏灯。前台大叔在冰箱旁睡得像一只水獭。在空荡荡的浴池里，我慢吞吞地热身，然后来到更衣室。红润的双颊和柔软干燥的性器官让我感觉很清爽。我甩了甩湿漉漉的头发，坐在电视机前的平板床上。

刚才就独自开着的电视正在播放《国家地理——深海的神秘篇》。每次听到纪录片解说员的声音，我就像躺在炕头上一样疲惫——突然感觉人生没有任何问题。屏幕上出现了一台潜水艇。潜水艇不停地朝深海下潜。"一直以来人们都认为深海里没有生物生存。因为那里阴冷黑暗，光和氧气都很稀薄。"我呆坐在摇曳的蓝色灯光前，凝视着屏幕，手里拿着指甲刀。"海洋生物学家勒姆菲尔德博士潜入深海底部，寻找可能生活在那里的大约几千万种生物。"潜水艇向下，再向下。解说员讲解了潜水艇的优越性和勒姆菲尔德博士付出的艰苦努力。凌晨的寂静，潜水艇灯光照射下的深海尘土。"从古到今，生活在深海底部的生物有很多很多。其中……"黑暗中，潜水艇微弱的灯光渐渐进入从前的时光。解说员的声音具有某种奇怪的力量，明明听起来很无聊，却让人持续专注。这时，有什么东西从潜水艇旁边呼地经过。正在剪趾甲的我吓了一跳。那是个透明、柔软、发光的物体。研究组似乎已经习惯了，没有太在意。我抬起屁股，更靠近电视机。素昧平生的生物在潜水艇周围若无其事地游过。有聚集成团像家中灰尘的东西，有像喇叭花和小蝌蚪结合起来的绿色生物，有的像透明清洁球。他们在潜水艇的灯光下散发出形形色色的光芒。我感觉到某种异样的兴奋，这种兴奋不同于很久以前初次见到尼西的时候。抛开人类最早来自大海这事不谈，这些生物从很久以前就"在"那里,这个事实就足以让我震惊。那里的它们和这里的我,在这个时间相遇。从大海深处爬出来的人类利用自己的技术再次爬进大海,恍如做梦——见到了游过自己身旁的那么多爸爸。看到相比几百亿年前毫不显老,甚至比自己更年轻的爸爸。这真是惊人的事情。很久以前在游乐园失踪的爸爸说不定就在那里面。画面中的深海动物淡漠而柔软地拍打双鳍,不停地游向某个地方。那时我隐隐明白自己该做什么,该怎样生活,却又真的不知道那是什么。

*

"蓝色世界"里最惊人的是鱼的名字。那么多的名字是取自哪里呢?究竟是谁在绞尽脑汁为这些没有人感兴趣的生物取名字呢?猪鼻龟、锯鳐、刺鳍鲂鮍、扁吻鲍、杂草海龙、条纹蝶、海苹果、绿海鳝、仙女水母……蓝色世界里管理和展示着大约一亿条鱼。这些鱼来自韩国、亚马孙、夏威夷、非洲等各个区域的各种环境。有的按类别养在与原来生存环境相似的水槽里,有的是多种鱼类混养在一个大水槽里。最受欢迎的当属乌龟和鲨鱼。孩子们对第一次见到的鱼类感兴趣是必然的,更让他们疯狂的是自己"知道"的鱼。看到乌龟像调慢的钟表一样游动,看到鲨鱼的白肚皮嗖地跃上天花板,几乎所有的孩子都失魂落魄。孩子们纷纷拿着相机,贴在水槽旁拍照。有的鱼以熟悉的表情停着不动,有的独自把头插在石头中间,仿佛厌倦了一切。

孩子们每天都要用拳头敲打水槽玻璃好几次。这是鱼类最讨厌的行为。我知道孩子们(偶尔也有大人)为什么敲打玻璃,因为鱼没有对他们做出反应。哪怕是鱼讨厌的行为,哪怕做出讨厌的反应也是好的。我认为是鱼的冷漠让人类感受到了不安。我在水槽里见到鱼的时候,感到尴尬的也是它们的视线。鱼的眼睛,怎么说呢?不管距离多近,都看不出它们是不是在看我。无论是捕食者的眼睛,还是被捕食者的眼睛,都是一样。为了帮助捕猎,捕食者的眼睛主要朝向正面,被捕食者的眼睛则是紧贴在旁边,为了感知捕食者的位置方便迅速逃跑。无论哪一种,鱼的眼睛真的让人很难判断它们的意图。总之,很多游客试图和鱼交流,却不知道该以怎样的方式交流,于是就使用了拳头。

蓝色世界开业以来,很多家庭在相机前微笑着走过我们身边。我们常常和鱼一起成为家庭合影的背景。我每天进入水槽两小时左右,我也和鲨鱼一样受欢迎。人们想看鱼，也想看和鱼在一起的人。在耳朵嗡嗡作响的水槽里，我望着玻璃之外，思考世界上有多少种类的家庭。祖父和爸爸，爸爸和儿子，爸爸、妈妈和儿子，爸爸、妈妈和女儿，妈妈和儿子，妈妈和女儿，女儿和儿子，女儿和女儿，祖母和儿子，亲生爸爸和继母，爸爸、妈妈和养子，叔叔和侄子，姨母和外甥，祖母、继母和养子，继父、生父和女儿还有很多孤单的人……在水里望着他们，我能稍微判断出他们是不是幸福的家庭。一起参观水族馆的家庭似乎理所当然很幸福，然而事实并非如此。

在蓝色世界的工作大部分都在水槽之外完成。检查机器零件，根据鱼的食性制作鱼食，写饲养日记，值班，等等。最初促使我做这项工作的是偶然和意义，后来促使我把工作进行下去的是规则和义务。我对自己的饭碗充满信心。正当的劳动，以及这种正当感产生的人生基准和偏见，这让我感觉自己长大成人了。

水族馆的工作远比想象中辛苦。我要呼吸普通人呼吸不到的空气。我在水里感觉到的口渴要比任何地方都更灼热。如果非要寻找这项工作的意义，那就是每天能有两个小时左右的时间独处。虽然我要接受无数人的视线，但是紧致的黑色潜水服和泳镜总是让我感到安心。

这期间我也谈了几次恋爱。她们喜欢歪着脸听我说话。没有眼睛的盲眼鱼，不会游泳的火焰鹰鱼，会产卵的雄海马……我跟她们说自己对尼西和外星人的想法。起初她们会说，"你的想象力好可爱"，继而大发雷霆，"现在该想想现实了"，然后转身离去。我也不确定，突然断了联系的她或许就是每年失踪几千万名的地球人之一。也许她永远不会知道，她的失踪带给世界的微不足道的灾难——比如某一天水槽里的小鱼突然集体死亡，或者搞错了孕期水獭的食谱。

这期间世界出现了严重的动荡。远方不断传来战争的消息或预感，韩国电视上经常看到手插口袋坐在公园里的爸爸们。详细情况不得而知，可是在那个时间，爸爸们坐在长椅上，仅凭这点就足以令人不安。奇怪的是人们试图掩饰这个事实，同时又似乎急着告诉周围所有的人。我怔怔地看着电视，"可是爸爸，他究竟在哪里呢？把我扔在游乐园里自己失踪，难道是因为他有别的公园要去吗？"

爸爸们不去上班，而是逛公园，前来水族馆的家庭数也随之大幅减少。偶尔我也会看到被抛弃的孩子。当我拿着抹布擦拭水族馆玻璃的时候，如果有孩子脱离了聚集在我旁边流口水的孩子们独自哭泣，那就有可能是被抛弃的孩子。每当这时，我会环顾四周，寻找正在徘徊的爸爸。片刻之后，当我再游回来的时候，孩子已经消失不见了。也许有两种情况——孩子找到了爸爸，或者在继续寻找爸爸。有时需要几年，有时需要一辈子。

我之所以不去找爸爸，原因有两个：一个是爸爸应该正在找我，另一个是我对爸爸完全没有记忆。我要随时留在爸爸容易找到的地方。我能做的只有这些。我忘记了爸爸的名字、年龄和长相。真的，好奇怪，我什么都不记得了。关于爸爸，我唯一记得的就是他是我的爸爸。也就是说，我为一个不知道名字、年龄和长相的人痛苦了很久，也被误解了很久。如果有一天爸爸突然出现在我面前，我有信心一眼认出来。一方面因为他是爸爸，而且我从小就经常听人说，"你怎么和你爸爸长得一模一样"。我们分明，可以认出对方。

*

蓝色世界的五月非常忙碌。因为五月是儿童节和父母节、成人节和教师节济济一堂的月份①，策划组准备了各种活动和特别展，"水中摄影主题""和妈妈一起去南极探险""我们国家的淡水鱼"等等。管理员的业务越来越多。我一如往常，负责鱼的身体检查、产卵器的细致管理，以及为游客做潜水表演，忙得不可开交。

那天我也是穿着潜水服，背着氧气筒，检查过浮力调节器和测压仪等装备，然后进入水槽。我慢慢地把头探入水中，在浮力的拳头间悠然滑过。随着我的动作而闪烁的水珠飞溅开去，宛如蒲公英的种子。很多游客紧贴水槽。小鱼们像秋天的鸟群纷纷飞起。大人们对孩子说，"快看"，同时指着水槽里面。孩子们兴奋得使劲拍打玻璃。我什么声音都听不到。我在闷闷的寂静中东张西望，心情很明快。一条大鱼面带阴险，嘀咕着什么，给我让路。水槽里的风景平静又让人倦怠。相比之下，外面却因为迎来家庭月而人潮汹涌。独自用襁褓背着孩子的女人，稍显消沉的老妈妈，老妈妈皱着眉头凝视的遥远大海，紧贴玻璃的双胞胎姐妹，已经不耐烦的家庭主妇，彼此以尴尬的亲切相面对的恋人，经常看表的男人，挨打的孩子，面对相机笑得僵硬的人家，张大嘴巴傻笑的孩子，像问号般飘浮在

---

① 韩国儿童节为5月5日，父母节为5月8日，每年5月第三个星期一为成人节，教师节为5月15日。

人群中间的气球,我在前面隐约看到了熟悉的面孔。那是一张五十多岁的男人的脸。他混在人群中,独自往这边看。不知为什么,我感觉自己在哪里见过他。是谁?是谁来着?我慢慢地朝他游去。他的面容渐渐清晰。当我到达那名中年男人面前的时候,我感觉自己的呼吸都要停止了。他,是我的爸爸。多年前在游乐园失踪的我的爸爸。我认出了爸爸。爸爸长着和我一模一样的脸。头发有些花白,微胖,他肯定就是我的爸爸。我调整呼吸,朝爸爸靠近。隔在爸爸和我中间的是透明的玻璃。我想立刻跑到外面,可是这个时间会错过爸爸。我用拳头敲打玻璃。我想告诉爸爸,我在这里,就在你面前。爸爸好像没有认出我。我又拍了一下玻璃。一把把的空气珠从我的拳头之间滑落。爸爸总是看别的地方。我突然想起来了,爸爸不可能认出身穿潜水服、戴着泳镜的我。我又不能摘掉泳镜。那我就什么也看不见了,也就无法跟随爸爸的脚步。我更用力地拍打玻璃。在水里,我的动作像拉长的磁带,迟钝而缓慢。爸爸朝我转过了头。我和爸爸正面对视。爸爸露出惊讶的表情,呆呆地站着不动。他好像……认出了我。我默默地一动不动,像是在遵从爸爸的心意。现在,即使爸爸面红耳赤地离去,我也无可奈何。我焦躁不安地等待爸爸的回答。不一会儿,爸爸露出温柔的微笑,静静地朝我挥手。爸爸……在笑。我心头一热,差点儿弄掉嘴里的呼吸器。爸爸,没有忘记我。

那样的微笑，只有还没忘记我的人能够做得出来。我确信一切都是爸爸的礼物。爸爸，爸爸来找我了。爸爸来传达对我的问候，只是一次问候，爱的问候。爸爸之所以这么晚到达，也许是为了练习微笑？望着冲我微笑的爸爸，哪怕爸爸说"这些年一直遭受外星人的强奸"，似乎我也可以相信。

爸爸有点儿不对劲。爸爸像个孩子似的只是笑。挥着一只手，用同样的表情看着乌龟和我……不一会儿，他的注意力就转向了别处。爸爸望着我的背后，露出"哇"的表情。大概是看到了鲨鱼。我焦急地注视着爸爸。爸爸像是下定了决心，朝着另一个地方走去。也许是想去看别的鱼。我瞪大眼睛，发疯似的敲打玻璃。爸爸绝对不肯回头了，只是专心做着他从前就很擅长的事，在我面前失踪。爸爸的身影渐渐缩小，终于消失在人群中了。我的眼里涌出滚烫的泪。泳镜里瞬间充满了水蒸气。我在水里挣扎，为了不错过爸爸而拼命挣扎。可是爸爸已经不见了，我咬着呼吸器，在水里哭泣。

浮出水面，我立刻摘掉了泳镜。不是语言，也不是哭泣的喘息声止不住地喷涌而出。我像初次学习吹口哨的孩子，未能成为完整声音的生涩金属声涌向嗓子眼。我的身体吱嘎作响。我把头埋进水槽，试图让自己振作起来。我的脸倒翻着,像浮在水中的面具。我闭着眼睛,头在里面埋了许久。不知从哪里传来奇怪的声音。我在水中猛地睁开眼睛。水槽里所有的鱼齐刷刷地开开合合,喊着"爸爸,爸爸,爸爸,爸爸"。鱼群口中弹出的"爸爸"们变成空气珠,咕嘟咕嘟向上跃起。我慌忙抬起上身。水珠从脸上啪嗒啪嗒滴落。

我脱掉潜水服,瘫坐在地。然后——开始哭泣。悠长响亮的哭声充满水族馆,荡起回声。我把脱掉的潜水服蒙在脸上。我用双臂使劲拉扯。潜水服紧紧贴着我的脸。我的呼吸变得混乱,呜呜地哭了起来。潜水服在我口中进进出出,叫着"爸爸,爸爸"。我就这样瘫坐在地,嘴巴一张一合,啜泣了许久。过了很长时间,当我的哭泣戛然而止的时候,在寂静之中,水槽上的波浪悄无声息地轻轻荡漾。我茫然呆坐,倾听那个声音。突然间,我觉得好烦。

谁在海边随便放烟花

那一夜,风很大。因为风太大,所以我什么都想问。好像如果不问,就会有人提出非常难的问题——那天就是这样刮风的夜晚。

我坐在老式厕所里,流着冷汗。腿下,浓浓的黑暗之间,呼呼——有风吹过。那风有着逼仄的等压线,宛如疲惫女人的眉间。人们说那是从北太平洋吹来的风。

我用双脚艰难地踩着方形的黑暗。脚上穿着爸爸在我生日时送的鞋子。那是一双运动鞋,每当脚掌到达地面,半透明的鞋底就会闪闪发光。熄灯的卫生间里,黑暗中唯一的亮光就是鞋子发出的蓝光。运动鞋周围聚集了很多飞虫。呼呼——风吹过。总感觉胯下流过"北太平洋",不知为什么,我又觉得屁股酸疼。我就这样蹲着,思考爸爸和午饭。

那天下午,我和爸爸坐在一家餐厅里。一家简陋的饭馆,所谓招牌就是一块木板,上面写着"河豚之家"。爸爸努力解释这家饭馆多么有名,然而里面只有爸爸和我两位顾客。头上罩着烫发膜的阿姨拿着锅走进来。爸爸往酱碟里加了芥末。我们面对面坐着,默默地听水沸腾的声音。家人之间的冷淡莫名其妙地让我感到轻松。汤水竭尽全力地沸腾,似乎在帮我充分体会这种轻松感。爸爸挽起袖子,拿起汤勺,捞起露着肚皮漂浮在汤水上面的河豚,爸爸说:

"很贵的,多吃点儿。"

我们一句话也没说,直到锅里的东西全部吃光。我们满头大汗地撕咬河豚。寄居在饮食中的某种纯真的专注,在那个午后和浮游在空气中的灰尘一起闪烁。爸爸使劲擦脸,终于开口说道:

"河豚里面啊……"

爸爸舔了舔嘴唇。

"有致死的毒。"

"……"

"这种毒非常可怕,不管是加热,还是在太阳下晒都除不掉。所以吃了河豚会死,短则几秒钟,长则一天。"

我吸着餐后酸奶，呆呆地望着爸爸。

"然后呢？"

爸爸说：

"今天晚上你不能睡觉，睡觉会死的。"

短暂的沉默。

"什么？"

"我说会死的。"

我呆呆地注视着爸爸。

"那您呢？"

"我是大人，没关系。"

我望着爸爸那份扭扭捏捏蜷在餐桌上的酸奶。爸爸点了咖啡。

"那您为什么让我吃这个？"

爸爸思考片刻，回答说：

"因为你……必须长大。我也是小时候吃了这个，挺过去才活下来的。"

"真的吗？"

"当然。"

爸爸又补充道：

"隔壁俊久的叔叔……就是吃了这个死的。"

我听说俊久的叔叔死于意外事故,但不知道是因为河豚。我认真地问:

"爸爸,我现在该怎么办?"

爸爸说:

"今天晚上你不能睡觉,睡觉会死的。"

走出河豚之家,爸爸的脚步不慌不忙。我慌忙穿上夜光运动鞋,急匆匆地跟上去,边走边观察爸爸的脸。爸爸不是很英俊,也不像爱说谎的人。爸爸和邻居们闲聊,打招呼,其中就有俊久的妈妈,她提醒我们:"听说今天夜里有台风,盖好酱缸,别忘了收衣服。"我跟着爸爸,犹豫着今天夜里要不要问点儿什么。不知道问什么,但是总该问点儿,什么都好。就在这个瞬间,我跟随爸爸小跑着消失在胡同里的时候,忘记了紧紧跟随在我脚后跟的那个亮光。如果那时有人看见我,说不定会以为我是跟随爸爸飞行的萤火虫。

*

回到家,我按照俊久妈妈说的盖上酱缸盖子,收好晾晒的衣服。即使明天我出了问题,爸爸也可以穿上干净衣服,吃到大酱。其实,以前我曾经试图自杀。当时爸爸把试卷扔给我，大声嚷嚷："这是什么分数，脑子是白长的吗？既然这样，马上退学算了！"那天，我真的不想活了。我作业也不做，躺在被子上面，拿出了那个东西。那是包饭海苔里面小小的白色袋子，上面写着"请勿食用"，这句话总是让我想到很多。我忐忑不安地撕开袋子，沙粒样的透明物体散落出来。我把两三粒放在舌尖，咽了口唾沫。什么味道也没有。我平静地盖上被子，闭上眼睛。第二天睁开眼睛，爸爸冲我破口大骂："怎么才起床？上学都迟到了，怎么办？学习不好，觉倒是挺多。"

天阴沉沉的，好像真的要来暴风雨。我从卫生间出来，蹲在房间里，等待爸爸回来。因为吃了河豚，我总觉得恶心，肚子里火辣辣的。去卫生间也没用。明明没有便秘，好奇怪。电视屏幕上，年纪不小的气象预报员指着看不懂的图画和符号，认真地解说什么。高气压、北太平洋、气流、锋面等等。我喜欢看地球仪，所以知道北太平洋是什么。那是无比遥远又无比巨大的海。我不相信我遇到的风来自那么远的地方。

爸爸大概要很晚才能回来。"等爸爸回来，我首先让他帮我理发。"我这样想道。我还要和他聊天。这样我就会少点儿困意，也不会害怕了。

从出生到现在，都是爸爸给我理发。爸爸的技术不高，但是喜欢理发。爸爸用生涩的手法，哼哧哼哧，用一个多小时帮我理发。连续几年，我都保持同样的发型。爸爸说："父子之间情意绵绵的，多好。"其实他应该是为了省钱。爸爸让我坐在墙壁前，墙上挂着笔记本大小的镜子，很用心地理发。他常常吹嘘自己在部队时是理发兵。根本没有参军的爸爸怎么会成为理发兵呢，我不理解，不过还是一声不吭地把头交给他。我喜欢爸爸理发时跟我说的话。

　　爸爸直到十点多才回家。我像口香糖似的贴在爸爸腿上，恳求他帮我理发。爸爸用异样的目光低头看着我说："你总是这样，烦死了。"我说："父子之间情意绵绵的，多好。"爸爸纠结半天，把外套挂上衣架，然后说："好吧。"

*

　　"爸爸，我是怎么出生的？"

　　"别动。"

　　冰冷的剪刀掠过耳边。

　　"这个嘛……"

爸爸说：

"去问你妈妈。"

我坐在椅子上，注视着小小的镜子。我看到身上披着报纸，低垂着头的我。小小的方形梳子掠过头皮。爸爸的身影不时映在镜子里，只露出握着剪刀的手背、胳膊肘或腰部。我看不见爸爸的脸，听着他的声音，像唱歌似的问，爸爸，爸爸，我怎么听到家里到处都有漏风的声音。从远处，更远处，从传来没有问出的问候的地方，有风吹来。爸爸，爸爸，我怎么……

"可是妈妈……不是已经死了吗？"

爸爸说：

"是啊。"

呜呜，外面的风继续吹。

"我想知道，爸爸，我是怎么……"

爸爸叹了口气。

"就算我说了，你也不会相信。"

"我信，爸爸。"

啪嗒啪嗒，头发落在脖子上。

"低头。"

爸爸的手背轻轻按住我的后脑勺。爸爸一只手里拿着小碗，碗里盛满肥皂沫。爸爸用厚而柔软的刷子蘸上泡沫，满满地涂上我的后脑勺。那种痒痒感让我的小鸡鸡阵阵酸痛。爸爸小声说：

"这个嘛……"

爸爸说：

"我还没跟任何人说过，所以……"

"秘密吗？"

"是的，是秘密。"

我点了点头。爸爸一手握着剃须刀，说道：

"那是我二十岁的时候……"

锋利的刀刃缓缓地滑过我的脖子。听爸爸说话的时候，我的身体直起鸡皮疙瘩。

爸爸的夏天开始于某个大海。爸爸的头发乱蓬蓬的，穿着红色的四角内裤，咧着嘴笑。那笑容像是再也无法看到的照片，让我心痛。爸爸身材高大，却没有肌肉。那双腿好像随时可以逃到任何地方。我偷偷看着从爸爸的贴身内裤上凸出来的那个地方。那个又小又软的地方，犹如说谎人的表情似的若无其事。爸爸暂时定格冲我微笑，随后又立刻朝朋友们跑去。爸爸的腋毛在滴盐水。朋友们的脸酷似我很久以前在杂志上看到的古人。某种善良在告诉我，他们是古人。沙子上面是蒸马铃薯和鱿鱼,还有酒瓶。爸爸嚼着马铃薯,眼睛偷偷地瞥向别处。那里有一群女孩,正在用潮湿的沙子堆蛤蟆窝。她们有着短而粗壮的大腿和微微鼓起的漂亮的腹部。爸爸好像是被那个长着宽大清爽额头的女孩吸引住了。她戴着当时流行的卷心菜状的泳帽。爸爸的朋友们也注意到了她们。她们应该也知道。当然,她们比男孩更擅长隐藏自己的心思。哈哈哈哈。爸爸的朋友们突然大声起来。女孩们朝这边瞟了一眼。哈哈哈哈。男孩们又笑。他们在寻找和女孩们共处的方法,然而想出来的方法都不恰当。正巧有个女孩哭了。那个长着清爽大额头的女孩。女孩们围着她七嘴八舌地说话。爸爸和朋友们很好奇。

"过去看看?"

有人说道。爸爸一行假装担心的样子,朝着女孩们走去。爸爸把正在吃的蒸马铃薯放在手中,犹豫着站起来。

"怎么回事?"

一个女孩回答:

"不知道。"

男孩们都低头看着哭泣的女孩。女孩身上到处都是浅红色的荨麻疹,吓得脸色苍白。另一个女孩说:

"可能是因为沙子或海水。"

女孩说全身都痒，刺痛。

"买药了吗？"

"药店太远了。"

荨麻疹好像更红，更大了。所有的人都不知所措。

"怎么办呢？"

爸爸鼓起勇气说：

"可以让我试试吗？"

"你想怎么做？"

爸爸跪在女孩面前，一只手轻轻抬起她的胳膊。大家用充满期待和疑惑的目光注视着爸爸。爸爸深深地吸了口气，拿着手里的马铃薯往她胳膊上揉搓。大家都很尴尬。马铃薯残渣像橡皮屑似的纷纷落下。爸爸耐心细致地按摩女孩的胳膊，用了很长时间。过了一会儿，"哎哟"，女孩惊叫一声。荨麻疹减轻了。

"哎哟。"

爸爸说：

"这是你妈妈跟我说的第一句话。"

爸爸有了信心，果断地扩大按摩范围。他的指尖还是在颤抖。爸爸的手经过哪里，哪里的瘙痒和浮肿就会消失不见。女孩不停地感叹："哎哟，哎哟。"

"困了吗？"

"不，爸爸，您继续说。"

"初夜那天，你妈妈。"

爸爸羞涩地说：

"哎哟，哎哟，疯狂地叫喊。"

我脸色苍白地问：

"什么？"

爸爸的剃须刀掉落在地，说道：

"没什么。"

夏天，深不可测的大海和月光，还有因为荨麻疹而熟识的人们。大家都光着脚，踩在沙滩上，脚底传来的酸麻感莫名地让人产生尿意。这群人因为微不足道的事情夸张地大笑，互相开着能让彼此产生好感的玩笑。青春，像饿肚子似的豁然敞开的瞳孔，如萤火虫般在沙滩上飞来飞去。他们都知道。越是这种忐忑不安的瞬间，越是需要能让人装糊涂的玩笑。朋友们决定把爸爸埋起来。爸爸奋力挣扎，还是被朋友们放倒在沙滩上。空中现出朋友们充满恶意的微笑。爸爸很担心。男孩和女孩们围坐在爸爸周围，用沙子盖住他的身体。沙粒如同几千年前的时间,一下子流淌下来。爸爸的身体好像突然衰老了。吸入脚尖的波浪声。爸爸身上很快出现了小小的山丘。接下来,朋友们要把山丘粉碎,制造出轮廓。但是,被允许制造轮廓的人是她。她细心地除去爸爸身上的沙子。爸爸有了胳膊和腿。犹如被浪花卷来的亚当,爸爸直挺挺地躺着。爸爸轻轻探出头,观察自己的全身。很健壮,满意。胸前怎么耸起两只乳房?爸爸红了脸。怎么回事?朋友们不回答,而是围在爸爸的下半身附近窃窃私语。爸爸心急如焚。不知为什么,他似乎知道他们要做什么。爸爸哭了,很想大声呼唤:"不要这样,你们这些兔崽子——"朋友们退到旁边。爸爸抬起头,看到硬邦邦冲天而起的生殖器。巨大的沙子生殖器。哇,朋友们哄堂大笑。爸爸羞愧难当。他摇头挣扎,却无法动弹。爸爸带着硕大的乳房和生殖器挣扎片刻,终于和她目光相遇。爸爸猛地想起了国民教育宪章。我们肩负民族复兴的使命,出生在这片土地上。爸爸思考着自己出生在这片土地上的真正原因,可是什么也想不起来。肯定不是为了像这样而出生。有人在爸爸的生殖器上插了长长的烟花棒,用打火机点燃。爸爸惊讶地望着自己的下身,朋友们喊着一、二、三。烟花沿着芯子急切地燃烧,嗖嗖嗖飞上天空。爸爸、她、朋友们都抬头看向天空。特别短暂的寂静在他们头顶停留。砰!砰!烟花炸裂开来。爸爸躺在那里,接受烟花的洗礼。砰!砰!绽放的烟花很美很美。爸爸的硕大生殖器射出的烟花如同蒲公英的种子在夜空中弥漫开来,爸爸的闪闪发光的种子被远远地发射到孤独的宇宙里。

"就在这个时候,你出生了。"

理发结束,爸爸说道。我坐着没动,对爸爸说:

"你说谎。"

*

镜子里,我看见了爸爸的手指。爸爸用指尖轻轻固定我的头,确定比例。爸爸又剪了些右侧的头发。钻过报纸孔,进入脖子的头发让我痒痒。突然,微微的困意涌来。

"然后呢?"

爸爸说:

"什么?"

"我是怎样出生的?"

"刚才不是告诉你了吗?"

"烟花吗?"

"是的。"

我的脸肿了,像河豚一样。

"如果那真的是爸爸的种子,那别的子女都在哪儿?"

爸爸说:

"哥本哈根。"

"什么?"

"在哥本哈根,斯堪的纳维亚半岛也有,布宜诺斯艾利斯也有,斯德哥尔摩也有,平壤有,伊斯坦布尔也有。"

我喜欢看地球仪,爸爸说的地方我都知道。

"不要这样,告诉我真相。比如刚才说的初夜,爸爸,我想听真话。"

爸爸漫不经心地回答:

"好吧。"

爸爸这么顺从,我感觉有些奇怪。为了认真倾听,我还是端端正正地坐着不动。

"这也是我从来不跟别人说的,所以呢……"

"是秘密?"

"对,是秘密,而且是真的。"

爸爸把我的刘海儿梳下来。我闭上眼睛。黑暗中,只有剪刀不合时宜地发出轻快的响声。

"那之后又过了几个月……"

头发落到脸上。为了不做梦,我把闭着的眼睛闭得更紧了。

绿豆煎饼店。狭窄黑暗的店铺里，参差不齐地摆着几张桌子。墙壁上，落满灰尘的排风扇在勤劳地旋转。爸爸坐在那里，呆呆地注视着自己的双手。不知道该做什么的手，爸爸年轻的手，我从爸爸的手中看到了思念。爸爸的脚尖仍然渗透出奔涌而来的蓝色波浪声。她，却不会来了。

"来瓶马格利酒。"

爸爸舀了一勺清淡的豆芽汤，夹起一块腌萝卜放进嘴里。……好吃。真的太好吃了。这时，世界上所有的腌萝卜都顺利发酵的事实足以让人气愤。爸爸把马格利酒一饮而尽。

"哎呀，这位同学你在干什么？"

"怎么了？"

正在旁边擦桌子的阿姨看了看爸爸。爸爸低头看着自己的手。一只勺子像麻花似的弯曲了。

"啊，对不起。我喝酒之后控制不好力气。"

"那也不行啊，毕竟是别人做生意用的东西。"

"真的对不起。"

爸爸拿起弯曲的勺子，歉意地舀了勺豆芽汤。她，应该不会来了。爸爸轻轻地念着放在衣服里的信上的句子。你好，向你传达我不可估量的问候。你还好吧。如果我说你好，你也回答你好。之后的些许担忧和说完再见转身之后未能说出的问候之外的问候，一切，安好。

"再来瓶马格利。"

爸爸再次出声地念着，你好。爸爸回想起几天前发生在她家门前的事。

涂着淡绿色油漆的铁门前，爸爸已经徘徊了几个小时。你好。不可估量的问候。咔嗒，铁门开了。爸爸大吃一惊，慌忙后退。一个男人庞大的身影像山峰似的矗立在面前。

"你干什么？"

是她的哥哥。

"啊，你好。"

"你这兔崽子干什么，一直在别人家门口转来转去？"

爸爸退后一步，说道：

"静子小姐，在家吗？"

男人盯着爸爸看了一会儿，说道：

"静子？你找静子干什么？"

"不，那个，没什么。"

"为什么？"

喝完酒后力气变大的爸爸，面对这个男人却浑身乏力。

"没事了，我下次再来。"

"那是什么？"

男人问道。

"什么都不是。"

"是什么？"

男人夺过信。

"不要看。"

爸爸连连摆手。男人已经从信封里拿出信来。爸爸一直在劝阻男人，然而他也知道无济于事。男人好像把信当成某种有害药物的说明书来解读。你好。不可估量的问候。爸爸观察男人的脸色。男人神情生硬。爸爸不知如何是好。男人的脸色越发难看。爸爸心情急躁。也就在这种时候，爸爸竟然莫名其妙地生出了希望。爸爸觉得或许事情会有转机。因为爸爸记得以前听她说过，男人读的是国语系，别看是急性子，偶尔也会因为读到某首诗而哭泣。也许男人会理解爸爸。再说了，真心能够传递给任何人。爸爸缓慢地观察男人的脸色，回想自己写的内容。我的心上有浮雕的名字。男人的表情渐渐柔和。读完信，男人注视着爸爸。爸爸也凝视着男人。路灯下，两个男人的沉默好像在宽恕着什么。不料男人把信扔到爸爸脸上，大发雷霆：

"臭小子,你这文笔不行啊!"

"多少钱?"

爸爸站起身来。走出酒馆,身后是爸爸坐过的位置。桌子上放着十几只扭曲得像麻花的勺子。弯曲的勺子——不是魔术,而是暴力,是爸爸可笑的爱情。

"困了吗?"

我打了个盹儿,回过神来,说道:

"不,爸爸,您继续说。"

"好。"

"不过爸爸,那是什么意思?"

"什么?"

"文笔。"

爸爸说:

"有一天你……"

听着"有一天",我等待爸爸温柔的解释。这时候,好爸爸通常会根据孩子的水平做出解释。

"如果遇到斯堪的纳维亚半岛的哥哥,你去问他吧。"

我大声喊道：

"爸爸！不要这样，您告诉我吧，真实的情况。"

爸爸说：

"现在说的就是。"

我的眼皮很沉重，还是努力打起精神，想听爸爸说话。您继续说，爸爸。旭日升起之前，我不能睡觉。

爸爸拿出修改过的信，重新阅读。爸爸把信揉成了团。爸爸一边叫着"我的文笔不行！"一边在街头哭泣。爸爸不知道妈妈正朝他跑来。不知从哪里传来妈妈和爸爸互相呼唤对方名字的声音。那天，两个人相遇的时候。

"你知道你妈妈说了什么吗？"

"说了什么？"

"自从那天之后，每次想你……就浑身痒痒。"

我看不见爸爸的脸，但我知道爸爸在笑。

两个人的肩膀。

"对不起。"

妈妈说。

"没关系。"

小学校里,空荡荡的秋千在夜风中摇摆。

"因为哥哥,我一直出不来。"

爸爸察言观色地说:

"是讨厌我吗?"

"是的。"

"为什么?"

"他说就是不喜欢你的长相。"

爸爸突然恼羞成怒。

"你非要原封不动地告诉我吗?"

妈妈说:

"对不起。"

两个人有些尴尬。犹如烟花绽放前的瞬间,四周变得安静。爸爸难为情地说:

"给你看个好玩的东西,怎么样?"

爸爸从口袋里拿出勺子。妈妈充满期待地望着爸爸。爸爸扭着勺子。

"啊,奇怪,刚才还可以的。"

勺子纹丝不动。爸爸再次用尽全力掰勺子。脸涨得通红,胳膊上

的血管都在蠕动。勺子还是安然无恙。爸爸扔掉勺子,大声嚷嚷:

"他妈的!"

妈妈吓了一跳,呆呆地注视着爸爸。爸爸慌忙辩解:

"哈哈,我真的以为我能做到。"

爸爸挠了挠头。

"我想展示给你看。"

两个人再次陷入尴尬。这时注定无话可说。他们面面相觑。爸爸犹豫不决。像饿肚子似的豁然敞开的瞳孔。爸爸注视着妈妈。妈妈也注视着爸爸。现在应该是接吻时间了。两个人的心里忐忑不安。可是爸爸,想起了刚才吃过的腌萝卜。抽了超过一盒的香烟,马格利酒也让他耿耿于怀。

"稍等一下。"

爸爸说。

"你在这里稍等一会儿,我马上回来。"

妈妈不安地望着爸爸。

"一会儿就好。"

爸爸气喘吁吁地跑到水龙头旁。拧开水龙头,双手捧水,他把头扎进透明地映出手纹的掌心里。反反复复漱口。爸爸把手放到鼻子前,摇了摇头,还是不放心。正在这时,爸爸发现了什么。蓝色的维诺利亚香皂。情急之下，爸爸用手指蘸了下香皂。溶在水里变软的香皂轻松脱落。爸爸用手指在门牙上使劲摩擦。香皂溶化在牙齿间。爸爸张大嘴巴，手忙脚乱地刷牙。呕——爸爸很快呕吐起来。重新漱口。怎么也洗不掉香皂味儿。恶心，反胃。香皂味让爸爸头疼欲裂。仿佛自己的头全部由香皂做成。爸爸拖着颤悠悠的双腿，跑向妈妈。

"让你久等了吧？"

"你去哪儿了？"

"没什么。"

爸爸的头隐隐作痛。看到妈妈的脸，他又感觉浑身麻酥酥的，像赤脚踩在滚烫的沙滩上。爸爸情不自禁地舔了舔嘴唇。好像要说全世界最重要的谎话似的，爸爸舔了舔嘴唇。爸爸抓住妈妈的肩膀。妈妈闭上眼睛。两个人的脸越贴越近。两张嘴唇相碰之前，世界的，寂静，以及等待已久的吻，两个人柔软的嘴唇重叠了。瞬间，数千个肥皂泡同时涌向爸爸的脑袋。那是发射到宇宙的爸爸的梦。当透明的肥皂泡如同白日梦般飞舞的时候，淡淡的维诺利亚芬芳蓝盈盈地弥漫在夜空中的时候。

"就在这时候，你出生了。"

我抚摸着怦怦乱跳的胸口，大声喊道：

"真的吗？"

爸爸淡淡地说：

"是假的。"

*

爸爸用干毛巾擦掉粘在我肩膀上的头发。我睁开困倦的双眼，打了个哈欠。地球朝一侧旋转，风从多个方向吹来。爸爸沉默不语。我像唱歌似的问，爸爸，爸爸，我是怎么……远处传来波浪声。那是熟悉的波浪声。爸爸，请告诉我真相。河豚的毒好像在缓缓扩散。口渴，眼睛痛。头也晕。爸爸，我现在知道了。

"困了吗？"

"不，爸爸。"

"结束了，睡吧。"

爸爸收起报纸。

"不行，今天晚上我不能睡觉，睡觉会死的。"

爸爸说：

"睡着了也没关系。"

"说谎！"

"真的。"

"我怎么相信？"

"你随便。"

"如果妈妈活着……"

爸爸猛然一惊。我知道机会来了，故意说道：

"肯定不会这么说话。"

"……"

"爸爸，以后我不会再问了，最后一次，好吗？"

爸爸双手撑住我的肩膀，良久无语。我担心爸爸生气。爸爸真诚地说：

"好吧，不过以后你不能再提这件事了，记住了吗？"

我使劲点头。

"从现在开始，我说的都是真的。我可以拿你妈妈发誓。不过，这不是说刚才说的都是假的。"

我又点了点头。爸爸深呼一口气。

"我遇见你妈妈是在春川火车站的候车大厅里。当时我在等火车，我系了系军用皮鞋的鞋带。火车从清凉里始发。"

爸爸的话应该很快就要说完了，这个夜晚或许也快结束了。我要好好活着，把这个故事讲给别人听。

我控制不住地打盹儿。隐约听见爸爸的声音。这回真的困了。我的头再次低垂下去。爸爸，爸爸，我怎么……不知哪里传来风声，它说，这个问题不是你现在该问的。我飘浮在半空，朝着某个地方飞去。我应该听爸爸说话才对，现在不听，以后再也没有机会听了。声音越来越远。很久很久以前的天空中，砰！砰！烟花在绽放。忽明忽暗的光。我高高地浮在空中，低头看着我的家。我看见了远在斯堪的纳维亚半岛的哥哥。他爬上山顶，高高地冲我挥手。他在跟我打招呼。"喂——"我试图听他的声音。听不清。他又喊："喂！"当啷当啷。你的声音沿着半岛山脉扩散开来。我鼓起勇气说："你说什么？"他说："我们这里处于间冰期，每年上浮2厘米！"我用更大的声音问道："你说什么？"他挥着手，竭尽全力，仿佛必须这样做似的冲我喊道："转身之后未能说出的问候之外的问候，一切，安好。"我站在那里，压低声音回答斯堪的纳维亚半岛的哥哥："……谢谢。"

在漏风的房子里，我看见一个正在打盹儿的孩子。那个孩子正在认真倾听拥有逼仄等压线的风带来的故事。听不到爸爸的声音，孩子试图自己说话，讲述爸爸和妈妈相遇的故事。

妈妈说，每次想你的时候，我就全身发痒。爸爸说，给你看个好玩的东西怎么样？孩子把几百只勺子扔向空中。绕圈飞翔的勺子们像爆竹似的闪闪发光。爸爸拥抱妈妈。妈妈的身体弯曲得像勺子。妈妈说，你说谎。爸爸说，没有，是真的。孩子说，对，是真的。爸爸注视着妈妈。妈妈也注视着爸爸。稍等一下，爸爸说。不用担心，妈妈会在那里的。你好，你还好吧。孩子越来越小，像个种子似的缩小。河豚一眨一眨的目光，河豚的游动，北太平洋的风。这是秘密。远处天亮了，没有人问是不是真的，也没有人回答说是谎话。我没有张开嘴巴，只是喃喃自语。或许这一切都是梦，就像为了来到我身边跨越数千万公里从北太平洋吹来的风。不知为什么，我觉得我必须和那个梦相遇。

纸　鱼

　　偶尔他会想象世界最好的空间。那里是失败玩笑的垃圾场，是患感冒的英雄们的储物柜，是售卖真心的徽章商店，是从未有过名字的某些地方。围绕着他的房子、商店、卫生间、学校、城市主要是六面体的世界，然而想象的空间由几个面组成却不得而知。现在他使用016开头的手机，b开头的电子邮箱。他的账户是070开头，驾驶证则是02开头。他出生于1980年，现在是2004年的首尔。他生活的地方是真相的世界，凡人的世界，同时也是误会的世界。可是他不知道，2003年的首尔依然流淌着爸爸的时光。在最多也只能退让的时光里，躺在房间里抚摸下身的他什么都不知道。

　　他出生在粪坡。那个村庄里狭窄而弯曲的台阶延伸到天空。即使念着爸爸的爸爸的爸爸的爸爸的名字向上攀登，也看不见台阶的尽头。有个女人呼唤着爸爸的爸爸的爸爸的爸爸的名字去下面的市场，直到再也没有可以呼唤的爸爸的名字的时候，女人竟然消失不见了。人们知道，从粪坡到平地需要多么长的时间。当儿子的儿子的儿子们终于到达平地，世界已经发生了翻天覆地的变化。他们将会变成截然不同的人种。正如此时此刻从地球射出的光，将在几百年后到达某个星球的时候，他们会荒唐地到达城市的某个地方，为自己的闪闪发光而惭愧。

他不知道粪坡是否还在原地。他只知道世界上有无数个这样的山谷。即使频繁坍塌，转眼之间又会重建。就连什么都不知道的他，也知道这点。

二十多年前，他拉着妈妈的手走上粪坡的台阶。每迈一级台阶，他就问妈妈一个问题。这是什么，那是什么，天空为什么是蓝色，泥土为什么是红色。越往上，他的问题越多。妈妈汗如雨下，紧张兮兮，生怕自己拉着孩子湿漉漉的手会发滑，生怕孩子会摔下台阶。即使这样，他还是不停地问已经问过的问题，而且对耐心回答的妈妈渐渐感到不耐烦。妈妈气喘吁吁，快要撑不住了。妈妈背着他，抱着他，然后放下，拉着手一起爬台阶。不一会儿，脸色苍白的妈妈双腿颤抖，竭尽全力准备登上最后一级台阶的时候，一直说个不停的他叫了声"妈妈"。一路上被问题折磨得头痛欲裂的妈妈，用垂死般的神情大声喊道：

"怎么了？"

"这个山为什么叫粪坡？"

她愣住了。很久以前，住在四大门的人们都把粪便往这里倒，所以得名"粪坡"。她迟疑片刻，猛地把他抱上最后一级台阶，回答道：

"玩着二十坡①，很快就能翻过去，所以叫粪坡。"

他出生时是早产儿。父母没钱让他住进恒温箱。他们怀着必死无疑的心情，把孩子放在炕头。三天过去了，孩子没有死，只是不停地哭，恨不得把房子震翻。妈妈走到孩子面前，拿小汤勺喂孩子喝大麦茶。神奇的是，孩子竟然止住了哭泣，抽抽搭搭地喝起了大麦茶。妈妈说："这要是富人家的孩子肯定死了。因为是生在穷人家，所以才能活下来。"边说边抱起他放在炕梢。爸爸带着一包三养方便面下班回来，看到从乡下来的妈妈，大吃一惊，呆呆地站了一会儿，默默地转身出去，又买回一包方便面。那个午后，他就这样死皮赖脸地来到了这个世界。

妈妈的奶水不多。村里老人告诉她："用牛蹄熬汤喝，就会有奶水。"她没有钱，只能买猪蹄熬汤。孩子的食欲很旺盛，她总是口渴。她连

---

① "二十坡"是韩国广为流行的传统游戏，一个人在心里想着某东西，另一个猜测，可以提问20次。

买猪蹄的钱也没有了,后来就用茶壶接马格利酒,边喝边喂奶。她一手抱着孩子,一手拿着茶壶,咕嘟咕嘟地喝马格利。她敞开胸脯,抱着孩子进入梦乡,衣服前襟总是留下白花花的马格利酒的痕迹。后来他说,自己之所以经常做白日梦,就是因为那时候喝了添加马格利酒的奶水。

他在周围糊满报纸的房间里长大。那个房间右边和左边的高度不齐,地板和天花板也不同宽。他六岁那年,妈妈开始去制造假睫毛的工厂上班。妈妈下班之前,他把自己关在房间里。房间里只有铺着桌布的小矮桌、尿壶、简易衣柜。没有电视,也没有书。他能做的只有睡觉和想象。他习惯把双臂放在脑袋两侧,摆出"万岁"的姿势睡觉。他睡觉时会流很多汗,所以他的"万岁"看起来像是受罚的姿势。妈妈说:"听说把手举高睡觉的孩子会操心……"说着便放下他的胳膊。他每天睡两次觉。白天是因为无所事事而睡觉,晚上是因为父母疲劳和电费而睡觉。做梦主要在白天。对他来说,白天比黑夜更让人不安。

有一天,他梦见一条鱼张着大嘴扑向自己。正在这时,他醒了。他流着冷汗,气喘吁吁。周围空无一人,悄无声息。他好像来到了陌生的星球,在房间里四处张望。褪色的报纸上,文字黑漆漆地聚集起来,犹如外星植物的种子。墙上的文字交头接耳,好像遇到他的视线便同时闭上了嘴巴。他用手背擦汗，朝着墙壁靠过去。那是每天熟视无睹的墙壁。就在这个没有任何玩具的房间里，六面墙壁对他来说有了新意。除了睡觉和想象，他又发现了新的玩法。他像识别猎物的野兽似的分辨那些文字。他像肆意踩踏装死的动物似的追寻那些文字。报纸的日期各不相同，全部都是竖排。

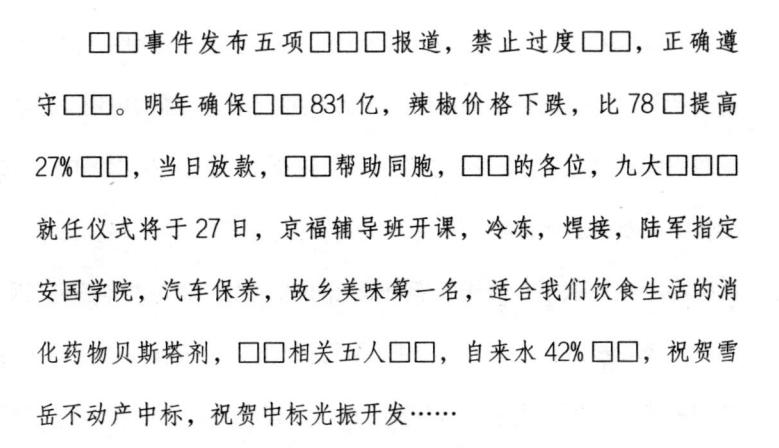

□□事件发布五项□□□报道，禁止过度□□，正确遵守□□。明年确保□□831亿，辣椒价格下跌，比78□提高27%□□，当日放款，□□帮助同胞，□□的各位，九大□□□就任仪式将于27日，京福辅导班开课，冷冻，焊接，陆军指定安国学院，汽车保养，故乡美味第一名，适合我们饮食生活的消化药物贝斯塔剂，□□相关五人□□□，自来水42%□□，祝贺雪岳不动产中标，祝贺中标光振开发……

他享受着这些不明所以的词语的神奇发音，叹息着念出每个字。电视节目表、电影广告、天气预报，报纸上的内容无穷无尽。他不认识汉字和英文，他读的报纸大部分都是千疮百孔。不过换个角度看，这也是幸运。因为不理解，所以不会上当。

那天夜里，他拉着爸爸妈妈的衣角，指着自己读不出来的空格。

爸爸妈妈显得很尴尬，他们也不认识汉字和英文。看到他突然识字，爸爸妈妈都很惊讶。因为他只跟妈妈学过识字。妈妈问他："这些都是从哪儿学的？"他只是畏缩地摇头。

读完一面墙壁，他又读另一面。读完，再读另一面。从一面墙换到另一面墙的时候，他越来越胆大，阅读速度也越来越快。四面墙壁都读完了，他又重新读，读了好几遍。没有新的墙壁可以读了，他就从头再读。不过，方法已经不同于最初。他像是在玩拼图，这句话和那句话，这个单词和那个单词混合起来读。对于不懂的单词，他随意想象它的意思。竖排的字他会横着读。这要比刚开始的方法辛苦得多，但是他喜欢。这样有趣得多。

几个月过去了，他厌倦了墙壁上的字。他抬头仰望天花板。因为漏雨，天花板上的字变花了。他感觉这样的天花板就像妈妈的小腹。他想摸摸天花板上的字。天花板上的字不但看不清，也摸不到。他像等待宇宙飞船的少年，站在房间中央，眉头紧皱，伸长脖子仰望天花板。落下的并不是宇宙飞船的耀眼光芒，而是天花板上渐渐弥漫开去的黑色污渍。污渍越来越重，直到沿着墙壁落下来。他猎捕的文字犹如患上传染病的动物，成群地死去。他害怕污渍不只吞噬墙壁，甚至连他也一并吞噬。他经常从噩梦中惊醒，放声大哭，令正在同房的爸爸妈妈大吃一惊。

几天后，他的爸爸重新装饰了房间。壁纸没用太久。房间干净了不长时间，天花板上又出现了豆粒大的污渍，很快就变得像西瓜。覆盖天花板的污渍，沿着墙角滴落到地。爸爸在上面糊了报纸，再有污渍，便再糊一层。漏雨的缝隙可以用水泥堵住，然而新壁纸却像伤口上的痂，不停地结疤，最后变得结结实实，在离开之前为他们挡风。

问过"粪坡"之后过了好几年，还没等他理解妈妈的答案，他们家就搬到了乡下。爸爸说："等老了再回老家，会没人理睬。"于是放弃了因为文化程度是小学而七年没能升职的变压器公司。爸爸说："回去吧，明明住在自己家里，却总觉得我们是客人。"

从此以后，他就在乡下小镇里长大。妈妈相信他如果上学，肯定会成绩很好。等到真的上了小学，他好像从来没有识过字，竟把韩文忘得干干净净。他的听写成绩糟糕透顶，读起书来也结结巴巴。他平平凡凡地长大。患麻疹，顶嘴，手淫，当班长，贴在电视跟前看，就是这样的孩子。他不是父母的骄傲，也不是父母的伤疤。父母开始为他感到惭愧，是在他考上生源不足的高中的时候。更让他们难为情的是他考上了因为在本地而遭到更多贬损的专科大学。

他也不总是为父母感到骄傲。平时，他对卖印章的爸爸的职业没有特别的想法。在普通人聚居的地方，这样的职业没有什么好，也没有什么不好，也不至于被人嘲笑或伤害。可是有一天，酩酊大醉的爸爸叫醒了身穿内衣睡觉的他。不知从哪儿带回来的橘子，因为揉来揉去已经变得热乎乎了。爸爸把橘子放到他手里，说起了毫无逻辑的话。当他毫无诚意地听爸爸胡言乱语的时候，爸爸却问他："爸爸的职业有没有让你觉得丢人？"原本他从没这样想过，然而就在爸爸这样问的瞬间，他觉得丢人了。

二十岁，他参军了。参军是很自然的事，自然得就像所有的韩国孩子都看电视。和很多青年一样，他参军也没什么不对劲的地方。可是在服役志愿者中，没有人这么想。他在服役期间明白了这样的道理，那就是在为某个人感到惭愧的同时，也可以理解这个人。对于在部队里看到、听到和摸到的东西，打人和挨打，口号、军歌和海报，他并不觉得羞耻。他蔑视这些东西。当他想起自己曾为爸爸的职业感到羞愧的瞬间，也就不再为此感到羞愧了。

退伍之后，他完成了大学剩下的课程，然后毕业。节日里面对着亲戚们铺天盖地的问题，爸爸很不愿意提起儿子的大学名称。对于自己的毕业典礼，他却总是为之感动。不过在毕业典礼场地的入口处，他和爸爸开始了争吵。他说过不要买花，妈妈却说要买。他说买马蹄莲，妈妈却买了玫瑰。毕业典礼现场，衣着简陋的摄影师们披着饰带，走来走去。他说拍照过时了,妈妈坚持要拍。

"我们拍张全家福吧。"

"太土了。"

"你不用带走,我拿着。"

毕业典礼结束后,他和家人去了镇上唯一的西餐厅。因为爸爸突然夸下海口,说要请全家吃牛排。心情愉快的爸爸带他去了西餐厅,点了菜单上最贵的牛排。一个小时过去了,牛排还没上来。爸爸豪爽地笑着说:"看来昂贵的食物的确费时间。"很长时间之后,忙活半天的厨师终于把牛排端了上来。全家人充满期待,齐刷刷地注视着盘子。切块的炒火腿像腌萝卜,拌入番茄酱,盛在盘子里。看来厨师不会做牛排。他们也觉得不太对劲,好像不应该这样,不过从来没吃过牛排,所以无法抗议。他们相信这就是牛排。

大学毕业,他从早到晚蜷缩在房间里,过了几个月,主要是睡觉和看书。没有父母不喜欢孩子看书。可每次看到他看书,爸爸都会说他做的都是没用的事情。他的爸爸告诉邻居们,他在准备公务员考试。每天夜里,父子俩都因为前途问题而争吵。每当爸爸冲他大喊或者责怪他的时候,他就会说:"我也有自己的想法。"

几个月后,他的"想法"开始暴露出来。他告诉爸爸自己要去首尔。他像在洞窟生活十几年,突然获得了重大领悟。首尔?为什么要去那里？去工作。工作？什么工作？不是什么都不做的工作。在这里做不了吗？就留在这里吧。爸爸，你的心态错了，我要去。你有钱吗？没关系。落脚地也没有吧？没关系。在首尔读完大学的家伙们最近都因为找不到工作而焦头烂额。青年失业率百分之八。你不看报纸吗？没关系。你是数学系毕业的，总要把专业派上用场，不是吗？没关系。我在首尔住过……爸爸的声音渐渐模糊。爸爸似乎不愿提及那段往事。爸爸对近来的政治经济形势发表长篇大论。他只是说没关系。他的固执让爸爸勃然大怒，直至把烟灰缸朝他扔过去，大声喝道：

"你哪有那么多没关系？"

终于，他还是按自己的想法做了。多次搬家积累了经验的妈妈告诉他说，选房子要看主人，还说自己必须帮忙挑选才能放心。他劝阻了执意要跟他走的妈妈。妈妈理解的首尔和现在的首尔，分明已经不同了。乘坐大巴去首尔，再换乘地铁，这就能让妈妈疲惫不堪。最终他们不能只看房东面相，而是要根据价格挑选房子。他觉得只要是房子，什么样的都可以。所有的房间都有墙壁，他需要这些墙壁。他买好去首尔的车票，背上背包。包里装着一堆便条，可疑得就像假币。

大巴上没有几个人。他选了晒不着太阳的座位。隔着前排的缝隙，他看见一个戴着上等兵肩章的男人的前臂和靠在男人肩上的女人。他们在窃窃私语，嬉笑打闹。他望着窗外，睡着了。

过了一会儿，他感觉眼睛酸疼，醒了过来。太阳的位置变了。他拉下窗帘。突然听见咯咯的笑声。前排的女人。他隔着座位缝隙看她。戴上等兵肩章的男人正展开体育报。女人小声对男人说：

"看这个女人的汗毛……"

他的上身贴着前排座位，眉头紧皱。报纸下端是举重少女的照片，内容是"中国少女打破亚洲纪录"。女人一只手捂住嘴巴，努力忍住不笑，另一只手指着中国少女，向军人征求意见。他更认真地观察体育报上的少女照片。中国少女身材高大，穿着紧身的运动服。看脸蛋和身材，都让人不好意思称其为少女。脸很大，不太好看，随便剪短的头发乱蓬蓬的。少女双臂高举，试图举起杠铃，腋毛丑陋地暴露出来。中国少女皱紧眉头，努力克服杠铃的重量。前排女人笑得更疯狂了。少女露着腋毛，汗如雨下，做出万岁的姿势，而她的表情真的很严肃。他把头转向窗外。他想读点儿什么，于是从口袋里翻出刚才在车站买的口香糖。他认真读起口香糖背面的主要原材料含量标识。这也是他喜欢的事。他自言自语，"啊！木糖醇口香糖里含有胶基、麦芽糖醇、麦芽糖浆。"

老妇人带他走进家里。沿着狭窄的通道走进去，是一栋盖瓦的洋房。老妇人继续往前走。没有栏杆的楼梯延伸到楼顶。每层之间都岌岌可危地排列着落满灰尘的花草。他跟随老妇人走到楼顶，水泥建筑赤裸裸地斜立在中间。老妇人笑着说：

"本来不想租给男人的。"

他低头看下面的小区。大小差不多的房子低低地伏在地上。卖蔬菜的货车传出响亮的叫卖声。穿着针织衫的男人在旅馆三层看到他，使劲拉上窗帘。老妇人把钥匙插进锁眼，左右摇晃，玄关门像早泄似的无力地吐出黑暗。

"这里是厨房。"

厨房是横向，长而狭窄。天花板上挂着一盏白炽灯，像蔫了的末茬茄子。墙壁一侧并排贴着伸长橡胶嘴巴的红色水龙头和蓝色水龙头。对面墙壁涂着厚厚的水泥，应该是为了遮盖煤炭的痕迹。老妇人又拿出钥匙，在房门前摆弄了一会儿。门很小，只有玄关门的一半。他弯腰走进房间。地板是正方形，天花板很高。房间里散发着潮湿的水泥味。

"卫生间在哪儿？"

老妇人说在楼梯下面锅炉房的旁边。老妇人反复说了好几次，前几天有个傻乎乎的女孩子来看房子，自己坚决不同意。他故意吹毛求疵，打听水费和电费有没有单独的计量表，有没有漏风或漏水。他还掀起地板纸看了看。房间里只有壁纸还算干净，那是特意为即将搬进来的人而准备的。他对这个房间的价格满意。100万元押金，租金每月10万元。他问交了定金就可以马上搬进来吗？老妇人说随便。

老妇人双腿颤抖着下楼去了。他独自留在楼顶抽烟，发现楼顶放着杠铃。平坦木板做成的杠铃架罩着蓝色的垫子，生锈的杠铃孤零零地放在上面。横杠两侧分别卡着15公斤重的杠铃片。木制杠铃架下滚落着更小的杠铃片，应该是以前住过的人留下来的。

他的房间里只有最低限度的生活必需品，除此之外什么也没有。如果非要说有什么，那就是把他团团包围的苍白的墙壁。搬进来的第一天，他从包里拿出一捆便条，从中撕下一张。他把带胶的一面使劲按在墙壁最底端，整齐地贴上第一张便条。

——我要么写，要么根本不写，而我的意愿是写。

这是学者约翰·赫伊津哈写在前言里的话，也是他喜欢的句子。他退后几步，远远地注视墙壁上的便条。那天夜里，他放肆地摆出"万岁"姿势睡觉，并且做了个奇怪的梦。他梦见四周的墙壁纷纷骚动起来。

第一张便条与他来首尔的原因有着密切的关联。他想找个谁也不知道，谁也找不到的房间。他需要安静，像一个不让任何人靠近正在生产的牛所在牛棚的农夫。可是,还有哪个城市像首尔这样不安静吗？还有哪个城市像首尔这样残忍吗？严格说来,他或许需要寂静,也需要噪音。他不会往脚下的地板上贴任何东西。因为那不是用来贴东西的空间,只是为了支撑墙壁。

贴下第一张便条的墙壁,很快就贴满了密密麻麻的便条。他从书里挑选出喜欢的部分,记在便条上。大多是已故作家写的话。贴满墙壁的便条像竖立着墓碑的辽阔墓地。便条越来越多,第一面墙变得热闹起来。那里有斯文的历史学家、活泼的美术家、长有蛀牙的小说家、小心谨慎的科学家、口吃的诗人、患神经病的宗教徒、地理学家、冒险家、语言学家、运动员,还有被人代笔的神灵的声音。他们互相争吵,或干杯。他喜欢第一面墙壁发出的健康的噪音。他还故意贴了两个关系不好的人,聚集了相似的声音。一个月的时间,就这样贴满了整面墙。那些句子没有规则,也没有顺序。它们自行创造出某种秩序。不同时代和不同领域的人的声音,全部"连接"在一起,这很让人惊讶。

第二件要做的就是写自己的故事。他决定用这些故事填充另一面墙。这面墙需要用更小的字。他确定了规则。一张便条上的文字不能是不完整的句子,必须和下一张便条连起来才能理解,而应该是完整的话。他在第二面墙上贴下第一张便条。

——1980年，我出生于粪坡。那个村庄里狭窄而弯曲的台阶延伸到天空。

因为是自己的故事，无须技巧和结构。只要诚实就够了。他喝添加了马格利酒的奶水长大的故事，从早到晚待在用报纸糊成的房间里的故事，毕业典礼的故事。关于牛排的故事，他认为最是心酸。因为他觉得那位乡下厨师做的事和自己现在想做的事差不多。他这样记录那件事的结局：

——我们"相信"那就是牛排，吃了下去。与此同时，厨师和我们全家人都该很安心吧？

有时没有准确的空间或时间，不过这并不重要。他写的不是真正的地方，而是自己知道的场所。这件事以飞快的速度进行。便条很快就布满了墙面。墙面大小有限，便条的尺寸也有限。他不会因为贪心而把便条重叠，或者贴得更加紧密。他认为便条和便条之间应该严格保持空间和距离。不到一个月，他就迫不及待地在墙角贴上了最后一张便条。

——所以，急切总是带给我怪异的羞耻感。

他退到后面，注视墙壁。他想不到自己身体里竟埋藏着这么多故事。和第一面墙一样，这些故事也是全部"连接"。这个事实令他震惊。当时确实毫无意义或者微不足道的小事，却对他的人生产生了重要的影响，这让他无比惊讶。他突然想起一句话，急忙写在另一张便条上。

——也许，这与你毫无关系。但是我们常常忘记，很多很多和我们毫无关系的事却对我们的人生产生重要影响。你绝对不可能到过的观光城市里出了故障的公用电话和你，星际争霸冠军和你，从古生代活到现在，住在没有光、没有氧气的地方的地狱乌贼和你，你和你之间的你。

空间太挤，只能容下最后一个"你"。这是第三面墙的第一张便条。

第三面墙稍微有些无秩序。那上面的便条没有清晰的脉络，也不是由完整的句子构成。他记录下掠过的思绪、单词、句子，像暗号一样。包括"失败玩笑的垃圾场"或者"售卖真心的徽章商店"。它们什么也没说，可是不知道为什么，他感到莫名其妙的愉悦。有些情况，他也简短地写下来贴到墙上。比如"想要亲吻的兔唇少年"，或者"妻子离开之后烤海苔的男人"。只有他能看懂。比起第三面墙上的东西，更多的是为了写而写。他更热衷的不是写字，而是凝视。他感觉自己正朝着某个目标靠近。

房东老妇人觉得整天待在家里的他有点儿可疑，偶尔会到楼顶来收房租。他只在门口接待老妇人。短暂外出时，他也从不忘锁门。那时他接到了爸爸的电话，说以后不能再给他寄生活费了。找没找到工作，都做了什么，快回来吧……他反复说了几次"没关系"，挂断电话。

几天后，他去了工地。

在工地期间，他发现了可以用来填充第四面墙的东西。那边大叔们的口才带给他新鲜的刺激。他的耳朵已经关闭得太久太久，对于外界的声音颇为敏感。柴火燃烧的油桶上放着铁板，大家在上面烤五花肉。工人们说："人家的肉嘛，当然好吃喽。"或者说："先让人家鼻子解解馋。"他赞叹不已。他记住大叔们的对话，写在便条上。不仅如此，中学生们在公交车后排的叽叽喳喳、市场大妈们的荤段子、公园里老爷爷们的闲谈，他也毫无遗漏地写下来。他惊讶于语言的原生态，甚至冲动地想要拆除那布满断想的第三面墙。后来他决定忍耐。他贴满了第四面墙壁。除了电源插口和窗户，便条覆盖了整面墙壁。

他决定写一个可以叫作"小说"的东西。他选择天花板作为第五面墙。他把杠铃底下的木头举重椅搬进房间，踩在上面往天花板贴便条。

往天花板贴便条之前，他先做了整理工作。那就是改变四面墙壁上便条的位置和排列。他从四面墙壁分别揭下一张便条，并排摆放，又从四张便条中找出了关联的点，为此欢天喜地。四面墙壁秩序井然地贴着 6×8 的便条，犹如大大的棋盘，又像具有时间 X 轴和空间 Y 轴的事件曲线图。像墓地，像城市，也像迷宫或丛林，四面墙壁在拐角相遇，再分开，共享线条，彼此支撑。

他开始往天花板贴便条了。他的小说开始于一个具有强烈梦想家性格的人物。描绘人物所处环境之后，他在几张便条上写下了小说的第一部分，内容如下：

——那么，他和我为什么要做这种浪费呢？你为什么直到现在仍然忍受这样的浪费？他张开几乎没有口水的嘴巴，第一次跟我们说话。也许是因为希望。因为长期缄口不语的缘故，他的希望里散发着口臭的气味。不过这是很自然的。

每次踩上举重椅，他就贴一张便条。扔掉的便条远远超过了贴其他墙壁的时候，摘掉的便条也更多。他必须写得有节制。有时按计划写，有时人物或事件凭借自己的力量前进。他确信这是一部好小说。他很愉快，仿佛自己写了好小说，就会成为好人。他几近痴狂了。有时改变便条的位置，有时重新排列。除了吃饭和睡觉，他便埋头于这件事。小说即将完成。

几个月后，他走下举重椅，长长地吁了口气。他仰着酸痛的脖子，抬头看天花板。天花板上的便条都守着自己的位置，显得很美好。天花板贴满了，露出仅能容纳一张便条的壁纸。他回顾这期间的经历。曾几何时，他把天花板上的便条全部撕掉，连续几个月没能写出一张。他深深怀疑自己贴上去的便条是否真的是自己的便条，脑海里的画面无法诉诸语言,为此绞尽脑汁。修改的时候想过放弃,渴望质量更好的便条和更宽敞的房间,在举重椅上摇摇晃晃地摔倒……望着最后的空间,他百感交集。他决定明天傍晚贴上最后一张便条。现在,他还没想出最后要写什么,不过他希望来点儿仪式感。他走下举重椅,打量着房间。便条的粘贴面胶水不多,底部微微翘起。他感觉这些便条像巨大的爬山虎藤蔓,或者松树皮,又像鱼鳞。房间就像被密密麻麻的鱼鳞覆盖的生命体,没有覆盖鱼鳞的窗户和房门像是生命体的某个器官。他打开关闭了整个冬天的窗户。寒风迫不及待地涌入房间。风从窗户进来,又从房门出去,再通过房门进来,再通过窗户出去。风进进出出,所有的墙壁慢慢地向外膨胀,再慢慢地恢复原状。这时候,贴满五面墙的便条齐刷刷地颤抖。这样也就更加鲜活了。他想象整个房间变成了长有纸鳞的鱼,轻柔地在世界上游来游去。他感觉自己好像附着在鱼鳍旁,又好像进入了鱼腹。他不知道哪儿是里面,哪儿是外面。他看见自己静静站立的身体在自行摇荡。一切都是那么生动。这时,不知哪里传来一阵沙沙声。他惊讶不已,环顾四周。沙沙沙的声音再次传来。低头看地板,到处散落着沙子。他伸出手掌,抚摸房间。真的是海沙。他难以置信地眨了眨眼睛。唰唰唰,沙子从数千鱼鳞间流淌下来。鱼鳞柔软而缓慢地飘荡,吹动了他的头发。他闭上双眼,深呼吸,喃喃自语,"这是真的。"他想,只要贴完最后一张便条,鱼就会拍打鲜活的背部，带着自己游向某个地方。不一会儿，他不由自主地倒下了。那天，他把双臂放在头顶睡去，也许梦见了眨着巨大眼睛的纸鱼。

第二天，出发去工地前，他四下里打量着房间。便条们乖乖地闭着眼睛。他重重地锁上房门，出去了。他打算下班回家就写最后一句话，然后从头到尾读一遍天花板上的便条。然后，也许会把它们公之于众。

回到家里，气氛有些不同寻常。楼顶有陌生的工人们忙乱奔走，看热闹的人们聚集着议论纷纷。在混乱的气氛里，他一边东张西望，一边怀着侥幸心理上了楼梯。到达楼顶的时候，他看见了倒塌的阁楼。他全身都僵住了。他站在那里，茫然地注视着废墟。房东老妇人认出是他，走了过来。老妇人气急败坏的样子，不分青红皂白地嚷嚷：

"喂，小伙子，如果墙壁有裂缝，你直说就好了，不管不顾到这个地步，这怎么能行？花钱且不说，差点儿没砸死人！"

他一头雾水，什么裂缝？

"能撑到现在也真是厉害，一条细缝变得像水田，你为什么不说呢？"

他呆呆地站在原地，盯着自己房间的坍塌现场。没有什么家具，水泥粉末里掺杂着砖瓦和黄色的便条。工人们马不停蹄地往麻袋里装运建筑残骸,搬到楼下。凸显在砖瓦缝隙里的便条像动物的肠子,残忍,而且令人羞耻。他意识到是便条掩盖了墙壁上缓慢进行的破裂。他瘫坐在地。老妇人还在旁边喋喋不休,然而他一句话也没听到。也许是水泥粉末的缘故,眼睛有些刺痛。

他不知道自己的状态持续了多长时间。周围漆黑,相比几个小时前的混乱,现在阒寂无声。他记得老妇人担心自己,来楼顶看了好几次。他说再待会儿就好,让老妇人下楼去了。房间很快就收拾好了,就像轻而易举的倒塌。他怔怔地坐在尚未整理好的拆除现场,过了几个小时。

突然回过神来的时候,周围一个人也没有。他这才拿出香烟抽起来,注视着废墟。便条堆掺杂在水泥碎片里,犹如褶皱的平面,又像是毕加索的《哭泣的女人》。那张脸迅速变成举着杠铃的中国少女的脸庞。他像举重运动员似的双手捧起褶皱的脸。正在这时,一张黄色的便条飘落在他脚下,宛如银杏叶。他用鞋底轻轻按住便条,让它不能继续飞舞。他弯腰拾起,颤抖着双手打开那张皱巴巴的便条。那是他的小说里的一句:

——他张开几乎没有口水的嘴巴,第一次跟我们说话。也许是因为希望。

读完这句话，他呜呜地哭了很久。

很长时间之后，他用袖子擦拭着粘了水泥粉末的便条，贴在自己靠坐的楼顶低矮的围墙上。很快，便条从墙上掉落。他捡起便条，抖落粘贴面的水泥粉末，重新贴了上去。便条再次掉落。他用拇指按了按便条。他的手指停在原处，注视着便条在风中摇摆的样子。便条像鱼鳃，扑腾扑腾，急促地跳动。

不敲门的家

家里住着五个素不相识的女人。有大学生，也有上班族。具体不了解，好像是这样。她们大概都是二十岁出头的年纪。不知道靠什么生活，也不知道长着什么样的面孔，不过这个家肯定不是普普通通的人家。

每天早晨，五个素不相识的女人共用同一个马桶。偶尔，我会看见陌生女人忘记冲水的痕迹。有时也看见她们要洗的衣服，或者闻到她们的食物的味道。

听见一个女人离开卫生间的动静之后，五个女人当中的另外四个都在等待，等待她走进自己的房间，响起关门的声音。这个声音不响起，四个女人绝对不会先开门。仿佛事先有约定，五个女人都随着关门的声音行动。偶尔错过时机，不小心看见对方的脸，就会惊慌失措，飞快地关上房门。这种时候看见的脸支离破碎，有时是半边，有时只有三分之一。

当然，这里也会发生没有面孔的事件。几号房的小姐昨天哭了，几号房的女人用完洗衣机总会落下只袜子，或者几号房的女人总会带男人回来。

有一次，过道上的酒味飘了整整三天。有个男人彻夜在踢玄关门，过道尽头房间的女人不停地哭。四个房间的女人很好地忍受住了噪音，或者根本不去关心。也许那女人喝多了，频繁地进出卫生间。酸溜溜的呕吐物的味道渗透进我的房间。男人高喊着女人的名字。不一会儿，周围渐渐平静下来，我去了趟卫生间。看见她的门口放着扎口的呕吐物塑料袋，我忽然想起通过男人之口听到的她的名字。

第二天早晨，房东大婶从楼上下来了。大婶站在玄关前，冲着五个房间哇哇乱叫。谁干的！说的是平语①。我把被子卷进怀里，使劲蜷缩起身体。"这像话吗？啊？"大婶习惯于在话尾加个"啊？"她独自在过道上嚷嚷了十来分钟，然后才走。五个房间都紧闭着门，安静得像五座坟墓。

她们从什么时候住进各自的房间，我不得而知。我在三个月前搬到了这里。当时我正休学，还在便利店里干着时薪2500元的临时工。

---

① 这里的平语表示不尊重、不礼貌，带有鄙视和侮辱的意思。

刚来的时候，我也跟大家打招呼，还试着张罗过类似于居民例会的聚会，以便有效沟通需要共同面对的问题。可是长久以来，这里没有这种事照样过得很和谐，而且初来乍到太过张扬的话，也不招人待见，我也就放弃了。

这个地方位于大学路附近的住宅区。房子由半地下、1.5层和2.5层组成。整个三层的高度都有些模棱两可，既不能说是一层，也不好称之为二层或地下。刚来看房子的时候，我感觉这个房子犹如一头庞大的残疾动物。建筑的1.5层和0.5层（半地下）住着租户，2.5层由房东大婶独自居住。她是个五十多岁的女人，身躯肥胖，双眼皮粗厚。最初走进她的房间，准备租房子的时候，她给我倒了柚子茶，炫耀起已经成为大学讲师的儿子。她的外貌很笨拙，嗓门儿却很尖。偶尔我会听不懂她在说些什么。

我住的一层半是倒写的"ㄱ"字。"ㄱ"的竖部是正对三个房间的卫生间，横竖相接处还有个房间，横部又是另一个房间。我住进第一个房间，也就是卫生间对面、玄关门前的房间。房东阿姨叫我一号房小姐。

搬来三个多月，我从没正面遇到过另外四个房间的女人。起先我想，这是因为大部分女人早晨出门，而我是下午出去打工。没过多久，我就知道这里的女人们从来没有互相见过面。偶尔我会看到对面房间的高个子女人晾晒的宽松纯棉内裤，看到七点钟起床上班的隔壁女人放在门口的垃圾袋，看到午夜之后放在各个房间门口的拖鞋。尽头房间女人的拖鞋是内底凹凸不平的按摩拖鞋，这是来了几天后才知道的事。另外我也知道三号房女人洗被子似乎过于频繁，五号房女人把衣服放进洗衣机很快就忘掉。

狭长的走廊中央放着所有人共用的晾衣架。晾衣架放在二号房门口，内侧的四号房女人和五号房女人要想去位于一号房——也就是我房间——前的卫生间，那就只能侧身穿过走廊和干燥台之间的狭窄缝隙。我要想去五号房旁边的多功能室，也只能用同样的方法穿过那里。我们轮流在那里晒衣服。关于晾衣架的使用，互相之间并没有特别的约定和规则，一直都很顺利、很公平地使用。也许是每个人都在房间里屏息静气，倾听洗衣机转动的声音、抖开衣物的声音，或者经过走廊时看看晾衣架，有了这些信号，大家都能小心翼翼地行动。周末衣物多了，晾衣架被别人的衣服占满，我们只能把衣服晾在自己的房间里。这种时候当然不方便，房间也会显得凌乱。

有一次，总是轮不到我使用晾衣架。我都没有衣服可穿了。我不时观察晾衣架的使用，可是有个女人连续几天都不收衣服。我想着要不要继续等待，后来从浴室里拿出红色的盆子，决定先把对方的衣服叠起来。四双室内鞋乱糟糟地摆放在门前，家里只有我一个人。晾衣架上大部分都是普通的成品服装。尺寸很大。好像是对面房间胖女人的衣服。没有一件衣服能赋予身体紧张感，可见这个女人不是公务性职业。肥硕的衣服起了毛，疲惫地挂在晾衣架上。老气的内裤正面沾染了黄色的斑驳。我突然认定，"这个女人没有男朋友"。衣服都干了，晾衣架的边缘，刚刚挂上去没多久的文胸沉重地滴着水。我把文胸之外的衣服整齐地装进盆子，轻轻放在二号房门前。下班回来，看到叠得漂漂亮亮的衣服，说不定她会很开心。

那天傍晚，我看到了贴在空盆子底部的便条：

——请不要碰我的衣服。

据我所知，我是住在这里的女人中唯一的吸烟者。刚刚搬来的几周，考虑到周围的视线或危害，我忍住了在室内吸烟的欲望。后来不知不觉，我很自然地在卫生间和房间里吸烟了。主要是靠在窗边，踮着脚，焦急地吸烟。我担心房东大婶下楼时正巧看到烟雾，常常还没吸完就捻灭了。打开窗户，往地板上喷洒散发着香味的纤维柔顺剂。过了一会儿，我觉得继续留在卫生间不合适，于是走了出来。这时，我会听到有人迅速走进卫生间的声音。仿佛已经等了很久，抓着门把手苦苦等待，心里想着都是你害得我肚子疼。不知为什么，我对这个声音、这个速度很是在意。

那天傍晚，我走进卫生间准备洗澡，看到卫生间门前贴着以前从未见过的便条：

——在房间用火的人请小心，为了我们所有人。

我深感羞愧。她们的语气很职业化，有点儿不自然。我想象着她们迅速藏到门后的半张或三分之一的脸。说不定因为埋得太深，一只眼睛在门内侧凹陷下去，像是嵌入了皮肤。她们会不会被烧伤了半边脸？也许真有四个同样烧伤半边脸的女人，住在有五个房间的房子里。会不会她们四个人都知道，只有我不知道？会不会是某天某时，这个房子里着火了，她们，她们被烧伤了？

不过，我知道这里没有发生过火灾。再说，五个人当中至少有一个人应该长着可爱而漂亮的脸蛋。这真让人开心。

这个房子的卫生间有一坪多，没有浴缸和洗脸池，只有淋浴和马桶。墙上有两个隔板。隔板上放着五个沐浴篮，里面装着五块香皂、五支牙刷和五条毛巾。牙膏貌似不放在外面，也许有人把牙膏放在浴室里，不到一周就瘪了。见此情景，大家都有些难为情。我的没有了，就用你的；虽然我的还有，但也用你的。五个女人。

马桶是节水型，前面是用拖鞋一踩就自动打开的垃圾桶。房东大婶每周整理和清扫一次卫生间的垃圾。卫生间比较干净，垃圾桶总是很满。一个垃圾袋够我们用四天，而房东大婶让我们用七天。我不喜欢看到卫生巾露出，所以每次上完厕所都会把脚伸进去使劲踩。

刚刚搬来的时候，我讨厌每次去卫生间都要穿湿拖鞋。每次走出浴室，我都把拖鞋斜放在浴室的门槛上。从那之后，好像有几个人也开始这样做了。不知从何时起，我对那几个人和另外的人产生了偏见。尽管素未谋面，不过我对偏见有着自己的根据。洗完澡后清理头发的人每次都清理，不清理的人死也不肯清理。趁着别人上班进入浴室，洗上足足一个小时的，每次都是一个人。洗澡时弄湿马桶，让人坐上去很不舒服的好像也总是一个人。这是我通过拖鞋分辨出来的。

当然，这个人不是同一个人。尽管卫生间墙上贴着大婶写的带有语法错误的注意事项，这样的事情还是继续发生。这是因为五个女人二十多年来养成的"习惯"。一号房女人觉得无所谓的事，三号房女人可能无法忍受；四号房女人理解不了的事，二号房女人会觉得微不足道。搬到这里之前，我一直独自生活，用了一个多月才理解这个道理。

不过，理解和接受是两回事。我常常气愤得忍无可忍。每天夜里都像在房间里举行集体活动似的四号房女人的噪音,每次我把锅炉温度调低都像故意跟我作对似的,重新调上去的三号房女人的自私,讨厌别人帮自己收衣物自己却又不肯收的二号房女人的懒惰,开门闭门声太大吓我一跳的五号房女人的冒失。即便这样,也没有人抗议,也没有人辩解。眼睛和耳朵全部敞开的一、二、三、四、五,我们住得太近了,所以很远。

  这样的房子周围有很多,还在不断涌现。最近,紧挨着这座房子的后面建起了一栋三层建筑。每天早晨,我都要用枕头堵住耳朵,忍受工地喧闹的噪音,睡不好觉。每天早晨,房东大婶都和那里的工人们争吵。起先说"我们的学生周末都睡不好觉,这怎么能行?"然后是"你们那里的水泥流到我们这里,把下水道都堵住了""这座建筑的主人是谁",后来哽咽着说"我也要守护我的财产"。说完,大婶来到我们这层,看到放在走廊的垃圾袋,立刻大吼:"你们以为这里是垃圾场吗?"五个房间的女人们想说"大婶,放在房间里有味儿"的时候,大婶很快又怒气冲冲地说:"白天为什么要开灯?"所有人想说:"大婶,白天不开灯的话,这里很黑。"大婶继续追问:"谁现在还把锅炉调到温水的,啊?"我静静地躺在被子上面,自言自语"不是我……"第一次来看房子的时候,给我煮柚子茶、炫耀儿子的大婶,就在空荡荡的走廊上气急败坏地嚷嚷一通,然后就离开了。几分钟后,我听见有人在卫生间里冲水的声音。

我整理这个房子里的鞋。这个旅馆式自炊房的公共场所由房东大婶管理和清扫。不过整理鞋子这种事她做不到，做了也会让人觉得奇怪。这个房子里的鞋子由我整理，完全是出于自觉。

看着挤在门口的鞋子，我总是感到烦躁。我之所以把心思放在整理鞋子上面，也不单纯是因为不想看到门口太乱，而是傍晚时分五个房间全部满满当当这个事实令我愤怒。每个人都是自己房间的主人，每个人都只是在自己的位置上而已，我却喘不过气来。下午或周末，一般只有两个房间有人。这时我可以怀着安逸的心情午睡，或者听音乐，在房间里无所事事。这时无论是使用浴室，还是晾晒衣服，心情都很轻松。可是到了晚上，情况就不同了。早晨所有人都出门，晚上所有人都回来。晚上，跟随主人出去的鞋子们也都回来了。

她们的鞋子五彩斑斓。有的朴素，有的光滑，有的普通，有的很有品位。尺寸也各不相同。那双很大的运动鞋，好像是二号房女人的。我挨个儿拿起鞋子，放进鞋柜。鞋子全部藏进鞋柜后，门前变得干干净净。我会莫名地安心。

有一天，玄关门前贴上了第三张便条：

——出门请务必锁门。有人丢了鞋子。

我猜贴这张便条的应该是鞋子的主人。失踪的鞋子,说不定她在心里有所怀疑。那么,这是对四个女人做出的无声抗议吗?

我倒觉得这次偷盗事件有助于让房子焕发生机,尽管这么说对鞋子主人有些抱歉。别人家发生过的事情,这里也发生了,这会让我们对彼此少些恐惧。我低头看着她们的运动鞋鞋底,打开鞋柜。

下大雨了。隔壁房间不时传出记者说什么干旱,什么甘霖之类。九点新闻。她好像没有定时看新闻的习惯。有人去了卫生间。有声音响起。她立刻锁上卫生间的门。铝锁轻轻弹出。有人上楼。有声音响起。她正从包里拿钥匙。咔嗒,开门的声音。前面房间的女人在听收音机。说不定她也像我一样趴在地上。走廊尽头的多功能室里传来深夜启动洗衣机的声音。洗衣机经常在夜里转动。不,总体来说,这个家里的夜晚要比白天更有活力。其实,深夜洗衣不被允许。多功能室门前贴了便条,应该是旁边房间的小姐写的。我们都读了。

——夜晚十一点之后,请勿使用洗衣机。

我的房间有三坪多,房间里有个粉红色的三斗柜,破了右角的单开门金星冰箱,还有经血变干后留下黑色痕迹的象牙色褥子,绣满了玫瑰花的被子。三斗柜总是咬牙切齿,无法彻底关闭,因为塞得满满的袜子和 T 恤露了出来。冰箱旁的书架上有为数不多的 CD 和书。大部分是徐太志、金玄哲、李承桓、涅槃乐队、甲壳虫的 CD。房门旁的插座总是插着手机充电器，亮着黄光。地板上到处是烟头烧坏的痕迹。我没看过其他女人的房间，不过每个房间门口都放着尺寸相似的垃圾袋，像门牌，或者像看门狗似的蜷缩在那里。

有一天，一个女人搬走了。不久，另一个女人搬来了。搬家在眨眼间结束。通过走廊传来的说话声和脚步声，我知道她们在进进出出。也许这里的房间主人比我想象中换得更频繁。房门前常常堆着好几天都没人取走的邮件，或被雨淋湿，或失踪，或被丢弃。猪蹄店、比萨店和中餐厅的传单，除了房东大婶，没有人会拿走。偶尔也有女人挑选某家餐馆点餐。这个房子里没有厨房，自己做饭很罕见。

某个午后，平时分明是所有人都外出的时间，外面却乱糟糟的。我按捺住上卫生间的冲动，静静地躺着听外面的动静。一个上了年纪的女人，一个年轻女人，还有一名中年男子。

"哎呀同学，怎能把钥匙放在家里就锁门呢，我没有备用钥匙啊……"

上了年纪的女人。她是楼上的房东大婶。声音和气，却带着些许的神经质。

"……"

年轻女人。她应该是四号房的女人。现在,她一定很难为情。

咔嗒。

"好了。"

中年男子。他是开锁店的老板。

"一万元。"

男人说。短暂的沙啦沙啦声之后,男人和女人走了。我确定他们离开的声音,悄悄地走出房间,准备去卫生间。这时,我短暂地,瞥见了四号房女人走进房间的背影。她像被吸入的空气,唰地被吸进了四号房。"这个女人应该很高挑。"我望着那个女人住的房间,打开卫生间的门。突然,一股令人作呕的气味扑鼻而来。我立刻倒退几步,转过了头。今天早晨,最后使用浴室的应该是我们中间穿最大号鞋子的魁梧女人。我知道这种味道。每当我对面房间的门打开再关闭,浴室里就会散发出这种味道。我扫了一眼浴室里的各种洁面乳和洗发水,暗暗地在心里骂她。我随手拿起别人的洗发水,洗了头发。走出浴室,我想起多功能室门前的便条,趁着还不晚,先把衣服洗了。洗了很多衣服,我匆忙晾好,然后去了便利店。

没有朋友知道我现在住的地方。休学后,我搬到了这个距离学校几站远的地方。便利店的工作比想象中辛苦，没有时间约人，或者和人见面。我也不想告诉别人。这个房子是我自己找的，父母每个月从老家给我汇20万元。

等毕业后情况好些了，我想我可以搬到比这里更好的地方。我住在这里，就是为了离开这里。从这点来说，每天上班的三号房女人、二号房女人应该和我没什么两样。我相信。我从便利店出来，已经凌晨一点多了。

打开门，我先往地板上看了看。怎么回事，竟然没有鞋子。我看了看走廊，四双室内鞋整齐摆放，冲着各自的房间。都回来了。看来是有人整理过鞋子……为了歉疚吗？我惊讶地打开房门。咔嗒，今天夜里的声音格外响亮。不知为什么，我总觉得四个房间的女人都会被我吵醒，所以小心翼翼。我像往常一样走进房间，拿着洁面乳去卫生间洗漱。四个女人的头发犹如毒蛇般缠住下水口，我用夹子夹出残渣，扔进垃圾桶。这也是我随时都会做的事情，可能她们也会做。走出浴室，我收回了白天晾晒的衣服。回到房间，我叠好衣服，放进斗柜。我忽然有种异样的感觉。我细细打量那些衣服。几件内衣不见了。我顿时火冒三丈。难道是女高时期常见的性倒错患者？像以前偷鞋那样，又进来了？我感到羞耻和不爽。谁呢？仔细想想，其中还有很贵的内衣。

不过，我还是决定对这件事保持沉默。至于贴便条之类，我觉得有点儿傻。

第二天，我起床很晚。我听见隔壁女人拿着垃圾袋出门的声音。我睡意沉沉地拿起手机，看了看时间。这个时间她应该去上班啊……奇怪，我又看了看，是星期天。正午已过，女人们大多还睡得很沉。周日嘛，我也继续睡了。人和人都差不多，或者说我们都有共同点，亲近而陌生。醒来的时候，又是凌晨了。

我口渴，伸手在头顶的小冰箱里摸索。没有水。太渴了，我拿着钱包出了门。放在门口的鞋子不见了。第二次被盗。我不知所措。我觉得这件事很严重。我突然觉得这应该是内部所为。如果是外面的人，不可能单独偷走我的内衣和鞋子。不过这样算来，我们自己也不知道谁的鞋子是什么样子。难道是有人搞恶作剧？那会是谁呢？这是最后一次。我这样想着，穿上备用的运动鞋，朝便利店走去。如果间接向同住的人们询问偷盗的事，只会让彼此难堪和尴尬。如果这样的事再发生一次，我就理直气壮地要求那几个半张脸的女人全面公开。我会提议大家谈谈。这个家平静而有序，只是有点儿不对劲，我要这样告诉她们。不是冲着声音或气味，而是真实的脸。

第二次偷盗事件之后，我再也不把东西放在外面了。哪怕洗完的衣服有点湿，也要挂在屋里，鞋子也放进书桌下面的箱子。事情发生在走廊和玄关门口，只要玄关这里没人管理，同样的事情就有可能再次发生。每一天我的精神和肉体都很紧张。这种紧张持续了半个来月，反而自生自灭了。因为这半个月来，我没有发生任何事。也许我已经在某种程度上忘记了被盗的事。人们仍然出声地上厕所、冲水、洗澡，辛勤地发出进出房门的声音。听收音机、看电视、洗衣服、整理鞋子。偶尔打电话跟别人聊天，声音还是隐隐约约，听不清楚。我对便利店的工作渐渐得心应手，越来越放松了。偶尔，我也会大醉而归。

有一天我回到家里，发现几天前丢失的皮鞋放在房间正中央。我不寒而栗，惊讶地四下里张望。是谁呢？我又问。是谁呢？因为不合脚，所以送回来？门是怎么打开的？内衣就留下了吗？会不会是有人喝醉了酒，弄混了我的房间和她自己的房间？上次就有人不小心开错我的房门，吓得我在里面堵住。外面有人一边道歉一边跟跟跄跄地离开，那个女人住几号房间来着？啊，五号房。会不会是因为别人碰了自己洗过的衣服而不开心的二号房女人？不，那个女人的脚很大。要么就是我每次提高锅炉温度她都要降下来的三号房女人，因为生气而故意报复？或者是四号？不，五号？不，还是二号？会不会是有人想跟我交朋友才这样做？不，这太蠢了。我怀疑每个房间的女人。

我低头看着孤零零地放在房间中央的皮鞋，突然想起了前几天来过这里的开锁店师傅。关于这样做的正当性，我也重新做了思考。这件事太委屈了。如果是内部的恶作剧，我必须揭穿。肯定有人正拿着我的其他内衣。我下定决心，明天我要把四个房间的门全部打开，找出我的内衣，找出偷内衣的女人。外面有人喀喀地吐着漱口水。

"钥匙落在房间里了……"

我向开锁店师傅解释。女人们都不在房间。她们都要在夜里才回来。他毫不怀疑地答应了我的要求。以前也发生过这种事，而且这次是另一个房间。我不好意思翻找所有女人的房间，于是决定先看疑点最多的五号房。如果真的是她，那么我对另外三个房间的女人就会少些抱歉。我先看看五号房，如果那里没有我的内衣，我会给别的开锁店打电话，打开第二可疑的房间。这件事要赶在她们回来之前，慎重而迅速地进行。出人意料的是，打开她们的房门非常容易。他熟练地打开五号房门。我留心观察他的身影，暗自感叹。门发出轻快的声音，开了。我付了上门费给男人。他走了。站在门前，我犹豫了片刻。外面依然传来工地的喧闹声，钻孔机的声音、抡锤子的声音。我鼓起勇气把房门彻底打开。假如听到脚步声，我恐怕会瘫倒在地。我咽了口唾沫，推开她的房门。

五号房，终于看见里面了。我慢慢地观察这个房间。房间里有个粉红色的三斗柜，破了右角的单开门金星冰箱，还有经血变干后留下黑色痕迹的象牙色褥子，绣满了玫瑰花的被子。三斗柜总是咬牙切齿，无法彻底关闭，因为塞得满满的袜子和T恤露了出来。冰箱旁的书架上有为数不多的CD和书。大部分是徐太志、金玄哲、李承桓、涅槃乐队、甲壳虫的CD。房门旁的插座总是插着手机充电器，亮着黄光。地板上到处是烟头烧坏的痕迹。

我深受打击，感觉像挨了当头一棒。我颤抖着手从口袋里拿出我房间的钥匙。我走到四号房门前，情不自禁地把我的钥匙插进四号房的锁眼。一阵金属摩擦的声音，钥匙孔吞咽钥匙的声音过后，我的钥匙打开了四号房的门。奇怪，竟然这么顺利就打开了。

咔嗒，四号房门打开了。房间里有个粉红色的三斗柜，破了右角的单开门金星冰箱，还有经血变干后留下黑色痕迹的象牙色褥子，绣满了玫瑰花的被子。三斗柜总是咬牙切齿，无法彻底关闭，因为塞得满满的袜子和T恤露了出来。冰箱旁的书架上有为数不多的CD和书。

大部分是徐太志、金玄哲、李承桓、涅槃乐队、甲壳虫的 CD。房门旁的插座总是插着手机充电器，亮着黄光。地板上到处是烟头烧坏的痕迹。

然后是三号房，然后，最后一个房间。我必须都要亲眼看看。从家具到衣服、饰物、书、地板上烟头烧过的痕迹，四个女人的房间都和我的房间一模一样，毫无误差，简直令人感到毛骨悚然。

醒来的时候，我又回到了自己的房间。我看了看时间，九点。我吓了一跳。又看了看表。九点。她们，啊，她们快回来了。我想逃离这个地方。万一和她们相遇呢？她们会知道我进过她们的房间吗？我坐立不安，把自己关在房间里纹丝不动。时间慢得像死亡。不一会儿，她们会陆陆续续地聚集过来，像僵尸。

第一个女人。那是我。我没有开灯，蜷缩着坐在房间里。希望稍后回来的她们不知道我已经回来了。

不一会儿，远处传来脚步声。门开了。

咔嗒，第二个女人回来了。没关系，没关系的。她慢吞吞地走进自己的房间，拖鞋发出声音。我心急如焚，尽可能减少身体动作。这个夜晚注定格外寂静，哪怕很小的声音也能听得清清楚楚。

咔嗒，第三个女人回来了。我摸到手机。生怕手机铃声突然响起。如果那样的话，第三个女人会像在山里发现敌人的军人，无声地把刀刺向我。女人走进自己的房间。我被恐惧包围，感觉她们所有人都经过我的房间，盯着我看。她很安静，今天连收音机也不听吗？

咔嗒，第四个女人回来了。我吓了一跳。满心焦急。我打电话。现在真的需要一个人，可是朋友刚刚交了男朋友，已经占线一个小时了。焦急的我不停地按手机"发送"键。按键，确认无人接听，挂断，再按键，再确认。终于，听到了"您拨打的用户正在通话中"，我不寒而栗。我给其他人打电话。他没有接。从亲近的人开始，逐渐扩大范围，我手忙脚乱地打电话。很奇怪，今天晚上，所有人要么占线，要么不接。我很怕。忍无可忍地怕。这时，咔嗒，我听到开门的声音。是第五个女人。穿过走廊，趿拉着拖鞋的声音，然后又是喀，转动门把手的声音。我的心快要爆炸了，真想立刻冲出房间，大喊大叫，毫不留情地拍打她们的房门。我终究还是不能看她们的脸。又一声咔嗒，第五个女人锁上房门的瞬间，我终于成功联系上了一个朋友。朋友说"喂"，我也对朋友说"喂"。紧接着朋友问："请问您是哪位？"猛然间，我意识到自己竟然不知道在给谁打电话。我听到朋友又问："请问您是哪位？"我不知所措，冲着不知是朋友、前辈或者朋友的朋友的人急切地反问道："请问您是谁？"对方似乎有所警惕,没有说话。我急了,担心对方放下电话,于是带着哭腔问道:"您是谁?""请问您是谁?"我不记得那几个房间是否安静如坟墓,还是怎么样。我不记得四个女人有没有跑到我的房间来。我只记得那个瞬间我在想,如果是注意力集中的女人,应该会看到早晨我第一次贴在卫生间门前的便条,"对不起,我是因为害怕才这样的。"

作家的话

我把 2003 年之后写的小说收集起来了。

我是作家。我知道自己写了什么故事,可是我不知道对你来说,它们会成为怎样的故事。

开心,幸运。

我不期待文学成为我的信仰。
我也不认为学问或经验对写小说特别重要。
但是我希望小说里的某种正直,能够属于我。
还有,希望你永远都在。

这本书是我冲你挤出的第一个微笑。

有一天,很快,我们会再见。

金爱烂
2005 年寒冷的深秋